Super ET

Dello stesso autore nel catalogo Einaudi

Il sergente nella neve
Il bosco degli urogalli
Il libro degli animali
Quota Albania
Ritorno sul Don
Storia di Tönle
Uomini, boschi e api
L'anno della vittoria
Amore di confine
Arboreto salvatico
Le stagioni di Giacomo
Sentieri sotto la neve
Inverni lontani
L'ultima partita a carte

Mario Rigoni Stern
Aspettando l'alba
e altri racconti

Einaudi

Prima edizione «Supercoralli» 2004
www.einaudi.it

ISBN 978-88-06-17656-3

Aspettando l'alba
e altri racconti

Parte prima

Sulle nevi di gennaio

Si era appoggiato alla slitta con il braccio destro, quello sinistro lo teneva infilato davanti, dentro il cappotto. Quando una pallottola della raffica l'aveva colpito, aveva sentito solamente un colpo secco, come una sassata.

Dopo aveva avvertito un po' di caldo lungo il fianco, ed era il sangue che colava. Infine piú niente, perché il freddo aveva saldato la ferita.

Erano le ginocchia, ora, che facevano fatica a sostenerlo, e poi i piedi erano attanagliati nella neve. Si lasciò andare e tenendosi con il braccio si fece trascinare. La slitta si fermò. L'alpino che conduceva il mulo per la briglia si girò e lo vide: – Via! Staccati! – gli gridò. – Il mio mulo non ce la fa piú.

Non rispose, non aveva forza per parlare, nemmeno per staccare il braccio dal bordo. Il conducente si avvicinò adirato e minaccioso. Vide che era un ufficiale, sulla manica aveva ancora i gradi: – Staccati dalla mia slitta, – gli ordinò. Ciglia e sopracciglia del tenente erano incrostate di neve ghiacciata, il passamontagna da sotto l'elmetto gli scendeva sul volto: – Sono stato ferito, – disse con fatica aprendo gli occhi.

Il conducente bestemmiò e si guardò attorno: una moltitudine di soldati sbandati, di muli, di slitte era ferma su un grande spazio bianco. Erano tutti in attesa che lí, dove si sentiva sparare, si riprendesse a camminare.

Guardò ancora quell'uomo appeso alla sua slitta e, maledicendo, slegò le funicelle che tenevano fermo il telo che copriva il carico. Sempre imprecando scaricò nella neve due casse piene di carte che un maresciallo di maggiorità gli aveva fatto caricare e nello spazio lasciato dalle casse sistemò il ferito e lo coprí. Ora, il tenente disteso su un po' di paglia e sotto le coperte non sentiva piú freddo, nessun dolore. C'era una profonda quiete.

...saliti sull'Altipiano per le esercitazioni invernali, un giorno di gennaio, dopo una marcia lunga e faticosa, si erano acquartierati nella vecchia caserma. Finite le escursioni tra Vezzena e Marcesina per Portule, Cima XII, *Ortigara e Fiara, ora gli allievi godevano di un periodo di relativo riposo e si addestravano sul Kaberlaba. Fu qui che la conobbe. Durante una discesa l'aveva vista cadere fuori dalla pista sollevando una nuvola di neve farinosa. Si era precipitato giú come un falchetto per aiutarla. Era proprio buffa: tutta cosí bianca, il viso imbronciato...*

Fu lui a scusarsi per averle dato una mano a risollevarsi sugli sci: lei, come fu in piedi, senza dire grazie riprese la discesa indispettita e crucciata.

La rivide alla Casetta Rossa, dove con il plotone e un sergente erano entrati per bere un vin brulé. Lei si era avvicinata per dirgli: – Mi scusi, ero proprio arrabbiata per quella stupida caduta.

– Cosí tutta piena di neve mi sembrava un pupazzo, – aveva risposto lui. – Questa sera viene al ballo della Croce Bianca? Domani noi partiamo per Bassano.

Non credeva di rincontrarla, ma quando la festa era già avviata la vide comparire. Senza la tenuta da sci, ora, in quel vestito, appariva leggera, luminosa e sorridente.

Ballarono. C'erano ragazzi e ragazze arrivati per le gare studentesche, ufficiali e allievi ufficiali degli alpini, maestri di sci.

– Qui dentro c'è tanta confusione e fa anche troppo caldo. Davanti all'albergo ho visto delle slitte in sosta ed è una notte molto bella e serena. Perché non andiamo a fare una corsa con la slitta?

– Con questo freddo?

– Vada a mettersi qualcosa di lana. L'aspetto. O l'accompagno? Dove abita?

– Qui, in questo albergo. Mi aspetti nella hall.

Attese con la mantellina sul braccio e il cappello in mano. Lei giunse subito, vestita da neve; sorrideva imbarazzata e un poco anche confusa.

Le slitte erano sulla strada in attesa dei clienti, i contadini stavano insieme a parlottare e battevano i piedi. Si avvicinarono alla prima della fila, era dipinta di bianco con fiori alpestri azzurri e rossi sulle fiancate. Il cavallo, con una coperta sul dorso, stava mangiando la biada nella musetta.

– Volete fare un giro? – chiese il contadino.

Salirono sul sedile posteriore, con la schiena rivolta al guidatore. Si avvolsero insieme in una coperta, con un'altra si coprirono le gambe fino ai piedi. Il contadino sfilò la musetta dalla testa del cavallo dicendo: – Basta Baldo, finirai dopo quando ritorneremo –. Levò la coperta dalla groppa e salí al sedile di guida; si avvolse nel mantello, con la coperta del cavallo si coprí le ginocchia e infilò i piedi dentro il sacco del fieno: – Vai Baldo, – disse facendo leggermente schioccare la frusta. – Dove vogliono andare?

– Dove vuole, non abbiamo preferenze. Per i prati, dentro il bosco, – disse lui.

...andava la slitta nella notte che rifletteva le stelle nei cristalli di neve, lieve scivolava come su una nuvola nel cielo, e il campanello di bronzo sul collare del cavallo tintinnava a ogni passo.

– Vai Baldo! – disse il contadino toccandolo leggermente con la frusta. E il cavallo prese il trotto, dapprima leggero e poi via via piú veloce e disteso. Infilò una strada che s'inoltrava nel bosco.

La luna che stava sorgendo illuminava gli alberi sul dosso della montagna e la luce si diffondeva tra i rami carichi di neve...

Si alzò la tormenta. Un vento radente sollevava come sabbia del deserto la neve della steppa, e come degli spettri gli uomini silenziosi camminavano curvi contro quel vortice. Andarono cosí tutta la notte, molti cadevano e non si rialzavano, alcune slitte restavano ferme nella neve.

Venne un'alba livida, senza luce, e lontano, confuso nel bianco, apparve un villaggio. A lato della pista un ufficiale incitava chi aveva ancora forza ad andare avanti, perché non tutti potevano trovare posto in quelle isbe. Solo qualche chilometro, diceva, e troverete altri villaggi dove riposare al caldo.

... la slitta scivolava su grandi cristalli luminosi, e il cavallo Baldo ora galoppava sfiorando la neve. Ogni tanto scuoteva la testa come volesse far sentire piú squillante il campanello di bronzo.

Il corpo di lei si era abbandonato contro il suo, la testa nell'incavo della spalla, le braccia in un reciproco abbraccio. Il respiro era leggero e sembrava quasi il respiro di una piccola bambina.

– Dormi? – le chiese.

– No, – rispose sottovoce, – guardo le stelle e il bosco.

– Hai freddo?

– Oh no, qui sotto c'è un bel tepore.

Il conducente fece fermare il mulo nel centro del villaggio, vicino a una casa con il portico. Guidò la slitta dentro il cortile. Slegò il mulo e lo condusse sotto quel portico, dove c'era del fieno sparso; ne raccolse una bracciata e gliela depose davanti al muso. Domani mattina, pensò, ne caricherò un bel po'. Con le mani pulí dalla neve il telo che copriva la slitta e slegò le funicelle che lo tenevano fermo alla forza del vento della steppa. Scostò il telo e la coperta. Il volto aveva un'espressione di serena felicità: sorrideva e gli occhi socchiusi avevano una luce sconosciuta. Guardando bene quel viso gli parve di riconoscere l'allievo ufficiale che in una notte di gennaio, con una bella ragazza, aveva portato con la slitta in una corsa per i prati e dentro il bosco. Lo prese sotto le braccia, lo trascinò dietro la casa, scavò nella neve, adagiò il corpo e con le mani ricoperse quel viso sorridente e quegli occhi felici.

Un natale del 1945

Piú che la neve che doveva calpestare durante il giorno, era il freddo della notte che gli rendeva duro quel tempo.

Partiva quando il chiarore dell'alba compariva sulle rocce dell'alta montagna dal bel nome che gli stava di fronte: l'ondata del sole toccava poi via via tutte le montagne intorno. Restavano però sempre in ombra alcuni versanti, il fondovalle, e i boschi in basso dove il sole sarebbe arrivato solo a marzo. Lí la neve rimaneva sempre appesa alle rocce e agli alberi, dando una sensazione di freddo fossile.

Camminava su per l'erta fin dove il grande bosco confinava con i pascoli delle malghe piú alte, dove il debole sole di dicembre dolcemente lo riscaldava. Era questo il posto dove l'anno prima i tedeschi della «Todt» avevano fatto tagliare gli alberi piú alti e piú belli per rifare i ponti sul Po, che ogni volta venivano distrutti dai bombardamenti degli Alleati o dai partigiani. Ora erano rimasti i grossi ceppi ultracentenari, pesanti e compatti, abbarbicati alla montagna e cementati dal gelo.

Vi saliva portando sulle spalle la slitta leggera e solida, il cibo per un pasto, una borraccia d'acqua. Il badile, il piccone, le scuri e gli altri attrezzi li lasciava lassú ai piedi di un abete che aveva rami tanto fitti e larghi da formare una capanna sotto il livello della neve.

Un'ora e mezza di salita al mattino, mezz'ora di discesa nel pomeriggio con tre quintali di ceppi sulla slitta. Gli scarponi e le gambe sino alle ginocchia erano protetti con teli di sacco.

Quando arrivava in quell'ultimo bosco, con un ramo di citiso lungo e appuntito forava lo strato di neve per saggiare se sotto il rialzo c'era un ceppo oppure un sasso; con il badile spalava la neve per denudare il terreno e con il piccone scavava per liberare le radici; con le scuri le tagliava e, infine, con la leva di ferro rovesciava il ceppo. I ceppi troppo grandi, prima di sradicarli, li spaccava in quarti o in ottavi con i cunei e la mazza.

A volte faticava molto con poco risultato, altre volte con poca fatica riusciva anche a fare due carichi con la slitta sino in fondo alla valle, dove in primavera avrebbe potuto vendere mille quintali di legna, o forse piú, per le fornaci e le vetrerie. E con il ricavo pagare il debito e il viaggio per l'Australia.

Era ritornato in ottobre dopo aver fatto un lungo giro per l'Europa orientale. L'avevano preso i fascisti durante un rastrellamento nel settembre del '44. Processato, l'avevano condannato a morte per «banditismo», e la condanna era poi stata commutata nella deportazione a vita in Germania.

In qualche modo se l'era cavata, ma ritornato al suo paese troppe cose trovò cambiate nel giro di un anno; sua madre non c'era piú, e non se la sentiva di vivere in quella casa. Ma intanto vivere doveva. Decise allora di andare dal santolo Toni, che aveva bottega di alimentari.

– Santolo, – disse, – voi sapete come mi è andata; non ho che poche lire che mi hanno dato al distretto militare, ma ho tanta voglia di lavorare. Se mi fate credito in primavera pagherò tutto.

Ebbe lardo, farina da polenta, fagioli, formaggio tarato, orzo, pasta e conserva di pomodoro. Un po' di patate le ottenne in carità da una famiglia della contrada; barattando due lepri prese con i lacci riuscí ad avere tre chili di sale.

Prima delle nevicate caricò tutto il suo avere sul carro di un amico che andava a sboscare, per conto del Comune, l'ultimo legname abbandonato dai tedeschi.

Nella vecchia osteria semidistrutta, sotto un tetto riparato alla meno peggio con delle travi bruciacchiate, in quell'autunno del 1945 trovavano ricovero boscaioli, bracconieri, cavallari, reduci allo sbando. Ma dopo le prime nevicate se ne andarono tutti per non restare bloccati un lungo inverno. Lui si ritrovò solo. Non gli dispiaceva: poteva parlare con le cose che gli stavano intorno, e lavorare come gli pareva, e pensare e meditare su quanto gli era capitato in quegli anni, da soldato in Albania, da partigiano sulle montagne, da condannato a morte, da deportato, da vagabondo quando il Lager era stato liberato dai soldati russi.

I giorni di sole con il freddo intenso, i giorni di neve uniformi e come sommersi fuori dal tempo, il suo fuoco, il silenzio. E la sua fatica e il sonno profondo sullo strame di paglia accanto al fuoco che si spegneva sulle pietre del focolare, dove, per secoli, avevano trovato compagnia i viandanti e i contrabbandieri. Non sapeva il trascorrere dei giorni; aveva sí, con il coltello, inciso una tacca sul ramo di un abete ogni mattina che risaliva il sentiero pestato nella neve come una trincea, ma non ricordava piú il giorno che era rimasto solo, e forse non sempre aveva inciso la tacca. Avrebbe potuto essere la fine di dicembre, o anche il principio dell'anno nuovo. Ma che importanza aveva? I viveri, a dosarli bene, sarebbero bastati ancora un paio di mesi; se poi riusciva a prendere con i lacci qualche lepre o un capriolo poteva arricchire la razione. – Magari un giorno, – disse al fuoco, – dopo una nevicata, invece di cavar ceppi vado a seguire le tracce.

Anche quella sera aveva ravvivato il fuoco scoprendo dalla cenere la bracia del mattino. E ora, dopo aver appeso alla catena il paiolo con l'acqua per fare la polenta, si era arrotolato la sigaretta di trinciato, l'unica che poteva permettersi e sempre in quel momento della giornata. Guardava le fiamme salire sul fondo nero della fuliggine depositata sulle pareti del camino, le faville che si rincorrevano, e si sentiva appagato dalla giornata trascorsa. Fuori il cielo si era abbassato, e lentamente aveva ricominciato a nevicare. Unico rumore, quello del fuoco e del suo respiro.

Sentí avvicinarsi un frusciare di sci, un respiro affaticato, poi lo sbattere dei legni per staccare la neve, chiamare il suo nome.

Riconobbe subito la voce ma non si scostò dal fuoco. Sentí battere con forza sulla porta e ancora ripetere il suo nome. Si alzò dalla panca, levò il paletto che teneva chiusa la porta, l'aperse e chiese: – Cosa vuoi?

– Oggi è Natale, – gli rispose l'uomo. – Ho saputo che sei qui. Posso entrare?

– Meglio di no.

– Ascoltami, almeno.

– Vieni avanti.

L'uomo si pulí dalla neve, si avvicinò al fuoco e disse: – Quando ti abbiamo preso e condannato non ho fatto che eseguire gli ordini. Era quello il mio dovere verso la patria. Non è stata colpa mia.

Non rispose, non fece nessun gesto. Guardava il fuoco ed era come rivivere tutto. Le donne e i ragazzi uccisi dai soldati tedeschi, i compagni morti di freddo sulle montagne dell'Albania, gli ebrei di Leopoli. Il Lager. Il Lager dov'era morto quel ragazzo di città che era stato preso e condannato assieme a lui: lo avevano spogliato e buttato nudo nella grande fossa oltre i reticolati, dove c'erano jugoslavi, greci, polacchi, russi, italiani. Era stato proprio l'anno prima, di questo tempo, perché assieme alla fame c'era anche tanto freddo. Forse era Natale, quel giorno di dicembre in cui morí il ragazzo.

Non ascoltava quello che gli diceva il suo maestro della scuola elementare, che aveva poi ritrovato in divisa della

Brigata Nera. L'acqua nel paiolo stava per alzare il bollore; andò a prendere il sale e la farina.

– Oggi è la Natività del Signore, – riprese il maestro, – ho saputo che eri qui da solo e sono venuto a trovarti. Ti chiedo scusa per quello che ti ho fatto. Ho qui nello zaino un panettone e una bottiglia di spumante.

Non poteva perdonarlo, no. Non per quanto lo riguardava direttamente, ma per gli altri che non avevano nemmeno piú un fuoco da guardare. Si avvicinò alla porta e la spalancò. Là fuori era buio e la neve che mulinava dal cielo veniva a posarsi fin sulla soglia di pietra della vecchia osteria di confine. – Va' via, – gli disse sottovoce.

Aspettando l'alba

Questa notte nevicava, poi la luna calante verso le cinque del mattino è comparsa tra le nubi. La mente vagava e vagava nei ricordi: nel 1926, in una notte come questa, ero... E ricordavo la vecchia casa di via Monte Ortigara, dove il focolare era sempre acceso. I ricordi venivano avanti di dieci anni in dieci anni, ma è su quell'inverno del 1944 che piú a lungo mi sono soffermato. Finché alla finestra non ho visto la luce dell'alba dentro un cielo lattiginoso sopra la montagna.

Come quelle albe nel Lager 1|B, nella Masuria, dove la malinconia e la privazione della libertà gravavano sul cuore. Solo un anno prima camminavo per l'Ucraina e la Bielorussia, ed era lontana l'Italia. Eravamo rimasti pochi compagni; certi giorni mi seguivano da villaggio a villaggio, altri giorni, ultimo della fila, li incitavo a camminare. Ora ero qui tra i reticolati a rodere la mia rabbia accumulata in quell'8 settembre 1943, e a consumare il cuore nella nostalgia. Attraverso le fessure della Aufnahmebaracke vedevo filtrare la luce, e sotto il pastrano cercavo di raccogliere un po' di caldo dal saccone di trucioli.

Ero capitato qui chissà per quale caso: un sergente molto anziano che era stato richiamato dopo il 25 luglio, caduta del fascismo, si era rifiutato di prestare servizio alla «baracca dell'accoglienza», aveva preferito uscire dal Lager e andare al lavoro con i gruppi di prigionieri. Il giorno dopo, quando eravamo tutti in fila per cinque nello spiazzo della conta, il Lagerfeldwebel Braum con un cenno mi fece uscire dalla fila, poi disse un numero e un alpino uscí anche lui. Ci ordinò di seguirlo e non capivo cosa volesse da noi.

Attraversammo tutto l'immenso Lager: i gruppi di baracche dov'eravamo stati rinchiusi noi della Tridentina con i moltissimi prigionieri russi, e quelle baracche, Lager dentro il Lager, dov'erano rigorosamente custoditi ufficiali superiori dell'Armata Rossa e da cui due di loro, cosí si diceva, erano riusciti a fuggire. Recinti alti di reticolati, dentro altri recinti, sentinelle nei passaggi dei settori, torrette con mitragliatrici e fari. Passammo le baracche del Kommandantur, le cucine, le baracche degli archivi dove ci avevano preso le impronte digitali, schedati e fotografati con il numero sul petto, le baracche del Lazarett e ancora baracche con prigionieri russi.

In fondo, in un angolo estremo, c'erano le baracche per la disinfestazione dai pidocchi, l'Aufnahmebaracke e la discarica dei rifiuti e delle latrine. Nel Lager I|B eravamo decine di migliaia e su tutti tiranneggiava il Lagerfeldwebel Braum, sempre con la rivoltella in pugno e le sue brevi urla raspose.

Con un cenno alla sentinella fece aprire ancora un varco e c'impose di entrare nell'ultima baracca. Disse qualche parola e capimmo che il nostro compito, d'ora in avanti, sarebbe stato di accogliere nella Aufnahme i gruppi che dovevano andare allo spidocchiamento quando non erano in funzione le caldaie, prelevare le razioni per costoro finché non venivano avviati al loro destino e pulire le latrine e tutto il resto dopo il loro passaggio. – Verstanden?

– Sí, capito.

La baracca era divisa in quattro parti da pareti di tavole; in una di pochi metri quadrati eravamo noi due italiani, in un'altra uguale due prigionieri russi, tra noi e loro una latrina per accedere alla quale bisognava uscire all'aperto; infine il posto dove dovevano sostare gli spidocchiandi: era grande e squallido, in terra battuta il pavimento, nessun pancone, niente per riscaldare. Dovevano aspettare sdraiati per terra. Nient'altro. Fuori, una sentinella camminava avanti e indietro sulla neve e nell'angolo, oltre i reticolati, la torretta con la mitragliatrice, il nastro infilato e il tiratore dietro.

Nella piatta e uniforme e triste campagna innevata si alzava l'ottagonale mausoleo in mattoni rossi dov'era stato sepolto Paul von Beneckendorff und von Hindenburg, l'eroe di Tannenberg e dei laghi Masuri dove nel 1914 l'esercito dello zar Nicola subí la grande sconfitta. Nuvole nere di corvi veleggiavano attorno alla tetra torre di mattoni, e quando i prigionieri russi venivano a scaricare le carrette e le botti con le immondizie e le latrine del Lager, tutti i corvi, gracchiando, andavano a razzolarci dentro.

Dai sottocampi o dai distaccamenti dei prigionieri che lavoravano nei boschi o lungo le ferrovie, ogni tanto giungevano nella nostra baracca i gruppi che avevano aderito alla repubblica di Mussolini e di Graziani. Dicevano che molto presto sarebbero ritornati in Italia, che avrebbero avuto una licenza. I piú avevano ceduto per fame e per il durissimo lavoro, ma c'erano quelli che ancora credevano nella vittoria finale dell'Asse e nelle armi segrete di Hitler. Fu da questi «volontari» che potei avere un rasoio per radermi; un marinaio mi regalò anche un lenzuolo – a lui non sarebbe piú servito – che poi barattai con una sentinella per un chilo di pane. Un alpino mi lasciò un cappotto russo: da questo ricavai e cucii un berretto con paraorecchi, due paia di calzerotti e uno di guanti, e ancora pezze da piedi. Un giorno sentii uno parlare con la cadenza dialettale della mia provincia e lo pregai, una volta giunto in Italia, di far sapere a casa mia che ero vivo e stavo bene. Da quasi sei mesi non avevano mie notizie e chissà quanto mia madre era in ansia. Gli diedi anche un biglietto che premurosamente fece recapitare in via Monte Ortigara. Ancora lo conservo.

Con i miei vicini russi era rigorosamente proibito parlare, ma quando uscivamo per la pulizia delle latrine quasi sempre riuscivo a sgattaiolare da loro. Nacque cosí una fraterna amicizia che ancora ho cara nella memoria. Piotr Ivànovic era sergente carrista, siberiano e ingegnere; Ivàn era invece un giovane operaio ucraino, iscritto al Komsomol e fervente comunista. Erano stati catturati feriti in una delle grandi sacche del 1941. Piotr si era procurato non so come una balalaika, e alla sera suonava struggenti canzoni.

Era da loro che riuscivo a sapere dell'andamento della guerra, perché i gruppi di prigionieri che sostavano per lo spidocchiamento portavano sempre notizie fresche dal fronte. Alla fine di febbraio arrivò un gruppo di feriti sommariamente fasciati. Pure in quelle condizioni non sembravano dei vinti, anzi mostravano dignitosa fierezza e grande disprezzo verso le sentinelle e il Lagerfeldwebel e la sua rivoltella. Erano stati catturati da pochi giorni e dai luoghi di provenienza capii che le armate di Hitler avevano ripiegato di almeno cinquecento chilometri rispetto all'inverno precedente: Odessa era stata raggiunta dall'Armata Rossa e Leningrado, oramai, era stata liberata dall'assedio da mesi. Nel centro dell'immenso fronte, i Carpazi non erano piú lontani. Per l'esercito del «millenario» Terzo Reich era incominciata la nemesi.

Un pomeriggio il Lagerfeldwebel Braum venne a comandarmi di fare lo zaino e seguirlo. In silenzio raccolsi le mie poche cose, salutai con affetto Piotr, Ivàn e il mio compagno, e uscii dall'Aufnahmebaracke dopo aver dato uno sguardo tutt'intorno: in certi momenti era stato un angolo tranquillo.

Forse dovevo lasciare questa baracca perché ero diventato amico dei prigionieri russi, o perché qualche volta i soldati tedeschi di guardia venivano a riscaldarsi attorno alla nostra stufa, quando il freddo diventava insopportabile.

All'uscita dei reticolati che ci separavano dal grande Lager anche la sentinella mi fece un amichevole sorriso senza che Braum se ne accorgesse, e quando poi sfilammo lungo le interminabili baracche dov'erano rinchiusi i russi, alcuni, vedendomi passare, con la voce e con i gesti mi salutavano al di là dei recinti. Dicevano il mio nome e «arrivederci» in modo chiassoso e allegro, come per farmi coraggio, finché Braum urlò piú volte «silenzio!» e affrettò il passo battendo i tacchi ferrati dei suoi stivali sulla striscia di assi dove solo lui poteva camminare.

Andavo con il cuore stretto perché non sapevo dove mi avrebbe condotto, né cosa si sarebbe fatto di me. Tutto potevo immaginare, e mentre mi portava via da quei russi sentivo il distacco da un'amicizia umana e fraterna. Fu a quel punto che uno di loro incominciò sommessamente a cantare una canzone; altri si unirono, poi altri ancora, cosí che fecero un coro. Era una canzone di saluto per me, che contro di loro avevo combattuto ma che adesso, per non essere ancora dalla parte del torto, stavo con loro rinchiuso nel Lager I|B.

Nulla poté l'ira di Braum contro la loro canzone, che né i reticolati né le sentinelle potevano trattenere. Era dolcissima e non parlava di soldati o di guerra o di eroi, ma di primavera e di una ragazza innamorata che aspettava l'amato sotto una betulla.

Mi portavano via, e nello zaino avevo un rotolo di fogli dove avevo scritto i ricordi, perché il tempo avrebbe potuto cancellarli dalla memoria. In una tasca della giacca, assieme a delle lettere, avevo anche un cartoncino con dipinta una montagna, gli abeti innevati, un cielo azzurro con la stella, una casa di legno e la scritta in oro *Buno Natale* che Anatolij Simioncev aveva voluto fare per me.

Il maresciallo mi accompagnò fino a una baracca circondata da reticolati nel settore degli italiani, fece aprire il varco e mi spinse dentro.

Era una baracca buia, gremita e maleodorante; il tetto arrivava quasi al suolo, le finestre erano piccole e i vetri molto sporchi; i tavolati per dormire erano sotto il livello del terreno esterno e non c'erano paglia o trucioli.

Cercai un posto per sdraiarmi tra l'indifferenza dei miei nuovi compagni, che non mi rivolsero una parola. Tra loro non riconobbi un amico, un viso noto, un compaesano a cui poter parlare.

In breve capii che quasi tutti quelli che stavano rinchiusi lí dentro erano incattiviti per qualche causa o motivo; e rissosi, ladri, speculatori sulle disgrazie dei compagni. Molte volte si accendevano liti durante la distribuzione del pane, perché i piú violenti e forti cercavano d'imbrogliare i piú miti o i piú deboli, o nella misura della fetta, o con le parti rosicchiate dai topi, o con la mollica umida e malcotta.

Dormivo poco, per mancanza di luce potevo scrivere solo per poco tempo, mentre erano lunghissime le ore dell'insonnia e della fame. Per lo stare disteso a lungo sul tavolato e per la magrezza, un giorno mi accorsi che sulle anche, dove sporgevano le ossa, si era formata una chiazza nera e rugosa, una specie di soprosso o callo: cercai di restare in piedi il piú possibile a osservare i giocatori di carte. Ascoltavo le liti, camminavo lungo lo spazio tra il tavolato e le pareti fermandomi a guardare dalle finestre il piano gelato del terreno, dove a intervalli regolari passavano gli stivali delle sentinelle.

I pidocchi si erano rifatti vivi molto rapidamente; nell'Aufnahmebaracke non li avevo, ma qui in pochi giorni mi avevano aggredito procurandomi un insopportabile prurito, tanto che grattandomi il petto e la schiena avevo fatto sanguinare la pelle. Mi difendevo come potevo, cercandoli e schiacciandoli, con le unghie dei pollici. Pensavo per quanto tempo ancora avrei potuto resistere; ogni tanto qualcuno chiedeva di andare con l'esercito di Graziani o con i tedeschi sul fronte orientale; dei prigionieri venivano pure prelevati di forza per andare a lavorare chissà dove, magari nelle retrovie del fronte russo o in qualche distaccamento sorvegliato dalle SS.

Un compagno di baracca mi propose di cambiare il mio zaino da alpino con il suo tascapane: mi avrebbe dato in aggiunta mezza razione di pane e due sigarette papiroska. Non accettai, naturalmente; l'unica cosa che avrei tanto desiderato era un paio di scarpe, perché avevo ai piedi degli zoccoli olandesi tutti in legno che non mi avrebbero permesso di camminare per un lungo tratto.

Un giorno che guardavo dalla finestra il rettangolo di terreno dove passavano e ripassavano gli stivali delle sentinelle e calcolavo quanti passi facessero nell'andare e nel ritornare, mi si avvicinò un compagno di sventura che non avevo mai notato prima. Forse anche lui era rimasto sdraiato per tanto tempo; era molto piú anziano di me, alto, magro non solo per fame e quasi bianco di capelli:

– Come va? – mi chiese. – Resisti?

La sua voce era senza particolari inflessioni dialettali e il suo comportamento molto urbano.

– Resisto, – gli risposi, – ma il tempo in questa baracca non passa mai. Non c'è aria, non ci si può quasi muovere e i pidocchi mi mangiano.

Lui disse: – Ciao, tieni duro, – e se ne andò a guardare da un'altra finestra.

Nei giorni che seguirono questo primo incontro, qualche volta si avvicinava per parlarmi dei viaggi che aveva fatto, dei libri che aveva letto, della sua città che non nominava mai e che non capivo quale fosse, dell'isola di Corfú dove lo avevano preso i tedeschi alla fine di settembre. Era proprio bella, l'isola di Corfú con il suo limpido mare, gli ulivi, l'odore del timo e della salvia, il sole, le donne greche, i muretti a secco attorno agli orti dove maturavano fichi dolcissimi. Chiudendo gli occhi potevo anche immaginarla.

Ma mi raccontava anche di cose che mai avevo sentito dire o letto sui libri di scuola: di elezioni, di parlamento, di democrazia, di libertà, di cose che c'erano in Italia prima di Mussolini e che lui da giovane studente aveva vissuto e che sarebbero ritornate per chi, finita la guerra, sarebbe rimpatriato.

Da questi discorsi mi venne il sospetto che forse era un ufficiale che alla fuga del re e degli altri capi si era strappato i gradi; ma la cosa si chiarí quando glielo chiesi e mi assicurò che non poteva esserlo perché repubblicano e socialista: loro non lo avrebbero voluto come ufficiale ma nemmeno lui avrebbe voluto diventarlo; lo consideravano un anarchico e anche per questo lo avevano richiamato e mandato in fanteria in un'isola della Grecia.

Un mattino fece il giro della baracca e non trovandomi a guardare gli stivali delle sentinelle venne accanto al tavolaccio dov'ero disteso.

– Cos'hai oggi? – mi chiese. – Mi sembri di umore nero.

– Mi hanno rubato il pane, – risposi.

Avevo diviso la mia razione in due parti, una l'avevo mangiata subito e l'altra l'avevo nascosta tra i miei stracci per il mattino dopo. Non l'avevo piú trovata e quasi mi veniva da piangere, piú per la rabbia del furto subito che per la fame. Mi guardò e se ne andò senza parlare. Dopo un paio d'ore fu di ritorno e sedendosi all'orlo del tavolaccio levò dalla tasca un pezzo di pane e me lo porse. Non lo volevo accettare; tenevo con forza le mani dentro le tasche del pastrano e facevo di no con la testa.

– Mangia, devi resistere. E poi non è la mia razione; l'ho comperato con due sigarette, io non fumo piú e ne ho ancora dalla Grecia. Prendi! – Me lo posò accanto e se ne andò. Allora lo raccolsi e masticando lentamente e insalivando ogni boccone per farlo durare a lungo, incominciai a mangiare.

Passarono ancora giorni sempre uguali in compagnia della fame, delle liti, dei fetori, dei furti, dell'umidità, dei pidocchi; ma ogni tanto c'era uno sprazzo di amicizia e di solidarietà che dava speranza.

Una mattina che era appena fatto il giorno, un soldato armato apparve nel vano della porta, ordinò il silenzio e gridò forte quello che per loro era il mio nome: – Siebentausendneunhundertdreiundvierzig! Schnell machen, kommen!

Cercai in fretta l'amico che mi aveva donato la sua compagnia per scambiare un saluto, raccolsi la mia roba e zoccolando sul terreno gelato seguii il soldato.

Ad aspettarmi vicino al portone dove campeggiavano la scritta ad arco *Kriegsgefangenenlager* e le torrette di pali con le mitragliatrici, dopo la grande distesa di baracche silenziose, trovai un altro compagno, un ragazzo in divisa d'alpino. Ci perquisirono e frugarono nei nostri zaini. Nel mio trovarono il piccolo fascio di fogli legati con un pezzo di spago e chiamarono un interprete per leggerli. Forse non riusciva a decifrare la mia scrittura e mi fece delle domande: fingeva di leggere. Da lontano sentimmo arrivare le urla di Braum. L'interprete mi riconsegnò i fogli dei ricordi della ritirata di Russia. Il caporale del portone mi voleva sequestrare la mezza bottiglietta di acqua di colonia *4711* che un marinaio, quando ero all'Aufnahmebaracke, mi aveva regalato prima di rientrare in Italia come volontario. Per me quella poca acqua di colonia era una cosa che poteva rievocare sensibilmente un mondo lontano e ogni tanto l'annusavo chiudendo gli occhi. Il capoposto sosteneva che era materiale infiammabile, buono per fare sabotaggi e quindi pericoloso; ma vedevo e capivo che l'Obergefreite del portone lo desiderava per avidità. Dopo molto insistere riebbi anche la mia mezza bottiglietta.

Braum, che nel frattempo era giunto per osservarmi, con un cenno fece alzare la sbarra e aprire i reticolati. E ci trovammo fuori, scortati da due soldati molto anziani e armati, con la pallottola in canna; lasciammo cosí le baracche con le multiple file di reticolati e ci trovammo in un'aperta campagna senza alberi, fredda e grigia, popolata da corvi e dove campeggiava il grande e tetro mausoleo di Hindenburg.

Parlando con il mio nuovo compagno di ventura seppi

che ci avrebbero condotti in un distaccamento di prigionieri presso una grande fattoria, in Lituania, e che il nostro lavoro sarebbe stato quello di andare ogni mattina e ogni sera con un carro e un cavallo a raccogliere il latte nelle stalle sparse per la campagna e portarlo in un caseificio. Eravamo molto fortunati.

Camminavo in silenzio e non riuscivo a rendermi ragione del perché quel soldato avesse gridato il mio numero. L'ordine era venuto da Braum o dalla fureria del Lager dove lavoravano anche prigionieri italiani? O era perché nel primo mese di prigionia avevo detto tra le baracche del mio blocco che bisognava resistere alle lusinghe di ritornare a combattere per i tedeschi e qualcuno aveva riferito? E poi perché un lavoro cosí speciale dove avrei anche potuto levarmi la fame?

Dopo mezz'ora arrivammo alla stazione ferroviaria. I civili che aspettavano il treno ci guardavano con curiosità e compassione, ma una donna che tentò di avvicinarsi con un pezzo di pane venne cacciata via in malo modo dai nostri custodi.

Nella fredda mattina di gennaio il treno si fermò sbuffando vapore bianco e fumo nero; dopo che furono scesi e saliti tutti i civili, fecero salire anche noi, ma non ci permisero di sedere anche se c'erano posti liberi, e quando tentai di rivolgere la parola a un vecchio polacco che ci sorrideva m'imposero di tacere.

Non ricordo quanto durò il viaggio; a me parve molto breve e molto strano, insolito come mai mi era capitato. Guardavo con curiosità i passeggeri silenziosi e poveramente vestiti, il paesaggio desolato attraverso i finestrini, le guardie con il fucile al piede, l'interno del vagone: dopo sei mesi di Lager mi rendevo conto che fuori il mondo continuava a esistere malgrado tutto. Esisteva in qualche luogo anche il mio paese, la mia casa dove non potevo far giungere mie notizie, o averne.

Ci fecero scendere in una stazioncina isolata tra poche case sparse, in una campagna senza vita apparente, coperta a tratti di neve. GULDENBODEN, diceva la scritta in nero sul muro della piccola stazione. Ma chissà qual era il nome polacco. Ci avviarono verso una costruzione di mattoni, bassa e larga, recintata da reticolati e staccionate; ci consegnarono ad altri soldati e questi ci fecero scendere per una rampa dentro un seminterrato che era stato una stalla, e richiusero la porta alle loro spalle.

Dove una volta riposavano i cavalli vi erano ora dei sacconi di trucioli; nelle mangiatoie erano riposti barattoli e zaini; al centro della stalla, come un monumento, si ergeva una stufa in ferro e cotto ancora calda. E lí, accanto alla stufa, ci sedemmo in attesa.

La sera scese molto presto. Nel buio sentimmo le voci dei prigionieri italiani, poi dei passi e la porta che si apriva. Venne accesa la luce. Con loro entrò l'aria fredda e umida del Baltico; non ci fu modo di scambiare parola, perché una voce da fuori chiamò per la zuppa e anche noi due ci mettemmo in fila nel cortile davanti a una baracca recintata e con una piccola apertura a sportello da dove una ragazza russa o polacca ritirava i recipienti vuoti per restituirceli con la razione giornaliera: un litro di zuppa molto acquosa e una fetta di pane.

Quando rientrammo nella stalla per mangiare, vi fu un intrecciarsi di domande e di brevi risposte. I nostri nuovi compagni volevano sapere dell'andamento della guerra; se i russi si avvicinavano e se gli americani erano sbarcati in Francia, se avevamo notizie dall'Italia. Ma nemmeno loro avevano avuto notizie da casa, o potuto darle.

Noi volevamo sapere del lavoro, del trattamento. Erano circa una sessantina e fu con sorpresa che tra questi potei notare un gruppetto di alpini del mio reggimento, tre o quattro dei quali avevano fatto la mia stessa strada nella ritirata di Russia. Erano qui da tre mesi, lavoravano con forconi e badili a sistemare il pietrame fra le traversine e a tenere libere le rotaie lungo la ferrovia per Königsberg. Il cibo era quello che avevo visto. Si lavorava da buio a buio; la domenica era giorno di riposo e di pulizia, ma dalla zuppa che davano a mezzogiorno bisognava aspettare la sera del lunedí per ricevere ancora qualcosa da mangiare. Una domenica, mi dissero, era venuto anche un medico civile a visitarli, e una dozzina o piú di compagni erano stati portati via perché probabili TBC. Non li avevano piú rivisti.

La sveglia avveniva sempre nel buio piú profondo, e la sentinella, dopo aver gridato l'aufstehen, chiamava uno a ritirare un secchio di tè per tutti. Non era vero tè, ma un infuso di tiglio con un po' di zucchero; però veniva distribuito in abbondanza ed era pur sempre una bevanda calda che faceva lavorare i reni. Poi fino a sera non ci veniva dato altro.

All'adunata ci ordinavano in fila per tre, ci contavano e poi pestando la neve e al passo ci conducevano fino alla piccola stazione deserta, dove alle cinque e trenta passava un treno a raccoglierci. In un'altra stazioncina salivano dei polacchi molto anziani, qualche civile di lingua tedesca e i ragazzi delle fattorie sparse che si recavano a scuola nel paese piú vicino. Noi scendevamo dopo una decina di chilometri, quando il treno rallentava. Si lavorava sino a buio e si ritornava a piedi.

Come custodi avevamo quattro soldati e un sottufficiale, tutti inabili per ferite di guerra; al lavoro assistevano anche degli anziani *meister* prussiani molto esigenti su tutto. Su noi, su altri distaccamenti di prigionieri che erano nella zona, sui polacchi, sui lituani, sulla ferrovia, sui tedeschi, comandava un ex ufficiale delle SS senza un braccio e sempre vestito in divisa nera. Ogni giorno passava a controllare, in piedi sopra un carrello a batterie manovrato da un soldato.

La stalla dove si dormiva era calda perché quasi del tutto sotto terra, e poi la grande stufa veniva alimentata con il carbone che raccoglievamo lungo la ferrovia e che i fuochisti lasciavano cadere impietositi dalla nostra miseria. Anche dalle tradotte militari che andavano al fronte verso Leningrado cadeva qualcosa, perché i cuochi dei soldati, al vederci cosí malandati, esposti alle intemperie, cupi, certe volte facevano rotolare dalla scarpata rape, patate e cavoli che scartavano dal vagone cucina. Noi, naturalmente, si raccoglieva tutto: ma mentre il carbone veniva messo in un mucchio comune, per le cose da mangiare ognuno disponeva come gli accomodava e le piú volte nella pausa tra le dodici e le tredici queste verdure venivano mangiate cosí com'erano, mentre stavamo rannicchiati sottovento vicino a un magro focherello di sterpi ai piedi della scarpata.

Il vecchio polacco che lavorava con il mio gruppo si chiamava Johannes, non Ivan o Hans, e anche lui diceva che la sua casa era molto lontana; era un cattolico fervente, innamorato dell'Italia e di Roma, dove c'era Petrus. Per farsi comprendere usava con noi il latino che aveva imparato con le preghiere e con la messa; era anche molto buono e pudicissimo e quando sentiva qualche nostra imprecazione si faceva il segno della croce. Ogni tanto, a turno, ci regalava una fettina di pane sottile come un'ostia o una patata lessa; ci faceva anche dare una tirata dalla sua pipa dove fumava makorka, le nervature delle foglie di tabacco non conciato. Questo poteva accadere soltanto durante la sosta tra le nove e le nove e un quarto, quando i guardiani facevano merenda, o tra mezzogiorno e l'una, quando noi sognavamo di mangiare. Ma quest'ultima sosta piú che un riposo era una pena perché la fame ci tormentava; e anche il vento, che molte volte soffiava impetuoso dalla parte del mare poco lontano, ci raggelava le membra. Cosí qualche volta preferivo camminare sottovento e sotto lo sguardo delle sentinelle, e lungo le rotaie cercare un pezzo di carbone, una cicca, una rapa gelata fatti cadere dalle tradotte.

Tra i civili che dirigevano e sorvegliavano il nostro lavoro, due si mettevano alle estremità del tratto di ferrovia in opera e al passaggio di ogni treno suonavano la tromba per segnalarci il pericolo. Passavano treni merci, treni di soldati che andavano al fronte, treni carichi di feriti che ritornavano, treni locali di passeggeri. Ma ogni tre giorni, puntuale e veloce, passava un treno tutto lucido, con vagoni letto e vagone ristorante. Vedevamo come in un sogno passare tra le luci accese signore ingioiellate e con vestiti leggeri, ufficiali carichi di decorazioni sopra le ordinatissime divise, camerieri in giacca bianca e alamari d'oro che servivano cibi e bevande sopra candide tovaglie. Da quel treno mai non cadde una cicca o un pezzo di pane.

Alla sera si trascinava la nostra stanchezza verso la stalla, dove ci aspettavano un litro di zuppa e una fetta di pane.

Una mattina mi rivoltai a un sorvegliante, era un omaccio grande e rosso di pelo. Mi ero fermato per gustare una crosta di pane che con tanta fatica avevo conservato fino a quel momento. Quando mi vide che masticavo con le mani ferme sul piccone, si avvicinò minaccioso con il braccio alzato per picchiarmi. Urlava: – Chi lavora non mangia!

Allora alzai il piccone. Ero esasperato e deciso, lui per fortuna se ne accorse in tempo e si allontanò sputando per terra e imprecando. Ma la mattina dopo me la fece pagare e per tre giorni mi costrinse a lavorare in una palude ai lati della scarpata. Con i sabot ai piedi e dentro l'acqua fino alle caviglie, dovevo pulire i canali di scolo. In piú vennero anche il vento e la neve a sferzarmi il viso.

Ma il tempo passava, e un giorno sarebbe pure arrivata la fine, ed ero certo che sarei ritornato. Una sera, non ricordo ora se fu per un baratto o se le avevo rubate alla stazione, mi trovai padrone di cinque patate. Erano cinque belle patate grosse e sode, non marce o gelate, e aspettavo che passasse l'ultimo controllo per cucinarle dentro la stufa. Venne il sottufficiale, passò a contarci, e mentre stavamo stesi ognuno al nostro posto richiuse la porta con il catenaccio e spense la luce.

Aspettai ancora un poco, presi la gavetta che avevo preparato con dentro l'acqua e le patate, e mi avvicinai al bagliore rosso che veniva dalla stufa. Apersi lo sportello di ghisa e posai dentro la gavetta, vicino al carbone incandescente. Vennero lí anche tre o quattro amici, e in attesa che le patate cuocessero parlammo sottovoce di quando l'anno prima eravamo in Russia. Ma ogni tanto, come un sogno ripetitivo, si ritornava a dire di un fantastico pranzo che si sarebbe fatto alla fine della guerra, con minestrone di pasta e fagioli e pane a volontà.

Cosí, tra un ricordo e un sogno, uno levò dalla tasca le cicche che era riuscito a raccogliere lungo le rotaie, le sciolse e con un pezzo di giornale arrotolò una sigaretta che poi accese e a turno fumammo, una boccata per ciascuno sino a consumazione.

Improvvisamente dissi: – Attenti! – e restammo immobili ad ascoltare.

Sentimmo il catenaccio scorrere e in silenzio ritornammo ai nostri posti e ci tirammo sopra il pastrano. Entrò una guardia seguita dal sergente che con la lampadina tascabile girò poi tutt'intorno il fascio di luce. Passarono quindi a contarci uno per uno, lentamente ripeterono l'operazione controllando le gambe, poi si fermarono accanto alla stufa. Si mossero per uscire, ma si fermarono ancora a bisbigliare vicino alla porta. Finalmente se ne andarono e richiusero. Forse nei dintorni era successo qualcosa.

Quando tutto ritornò tranquillo uscii lesto da sotto il cappotto, ma nell'aprire lo sportello della stufa provai una delle mie piú grandi delusioni: il calore del carbone, nell'attesa che se ne andassero, aveva fatto evaporare tutta l'acqua e fondere l'alluminio. Della mia gavetta era rimasto un grumo grigio tra la marogna incandescente: delle patate, nemmeno il fumo. L'indomani avrei anche dovuto cominciare la ricerca di un barattolo, o altro recipiente, per sostituire la gavetta, il che non era poi tanto semplice.

Intanto si andava verso la primavera, l'aria si faceva piú mite, e noi si cercava di capire come andasse la guerra dall'umore dei nostri custodi. Quando s'incattivivano pensavamo che forse gli americani erano sbarcati in Francia o che l'Armata Rossa si era avvicinata. Sempre piú numerosi erano i treni dei soldati che andavano e venivano.

Una sera, al rientro, trovai una sorpresa: era arrivata della posta e per me c'era una cartolina *Kriegsgefangenenpost* di mio padre. Erano passati sette mesi, o piú, senza avere alcuna notizia da casa. Ora finalmente potevo sapere che dopo l'8 settembre i miei fratelli e mio padre erano riusciti a raggiungere la famiglia; erano tutti insieme ancora una volta e ancora una volta il peggio era capitato a me.

Dopo quindici giorni ricevetti anche un pacco con pan biscotto e riso cuciti dentro una tela; ma il pane si era sbriciolato e il riso mescolato con il pane. Anche altri compagni ricevettero pacchi da casa, e cosí per la sera della domenica di Pasqua mettemmo tutto assieme per una zuppa comune, da spartire anche con quei compagni del sud che niente potevano avere dalle loro case.

Si buttò dentro una grande pignatta tutto quello che si aveva: pan biscotto, riso, patate rubate, farina, piselli secchi, cavoli. Il sergente mi permise anche di entrare in cucina per sorvegliare la cottura e le due ragazze russe deportate dalla provincia di Vinitza, che facevano le cuoche ai soldati tedeschi e a noi, furtivamente aggiunsero alla zuppa un pezzo di margarina.

Fu la nostra Pasqua del 1944. Ma io per quel giorno avevo anche una cosa che con gli altri non volevo spartire. Un uovo di gallina cotto e colorato con erbe, foglie di cipolla e fondi di caffè: come quelli che le ragazze del mio paese usano donare ai ragazzi alla vigilia dell'Ascensione.

Lo mangiai nell'angolo del recinto da dove si vedeva la campagna con le betulle rinverdite. Quell'uovo me lo aveva infilato nella tasca del pastrano una bambina polacca che ogni mattina incontravamo quando saliva sul treno con i compagni per recarsi a scuola. Mi guardava e mi regalava un sorriso che mi aiutava a vivere. La mattina del Sabato Santo si era avvicinata furtiva e lesta; poi sentii quel peso insolito nella tasca e con la mano avevo scoperto l'emozionante dono.

Lo mangiai lentamente, gustandolo con una presa di sale prelevata da un cartoccetto che Johannes mi aveva procurato qualche giorno prima per condire eventuali patate.

Il giorno dopo ci fecero camminare per lungo tratto sulla ferrovia, verso un villaggio lontano e sperduto. Un incendio del bosco aveva danneggiato la linea telegrafica e ci fecero stendere e fissare sui pali i nuovi fili. Altre sentinelle, con il tetro capitano monco, erano venute a sorvegliarci. Con i ferri dentati legati ai piedi ero salito su un palo. Cosí in alto mi sembrava di essere un uccello sopra un albero e guardavo tutt'intorno la campagna dove la primavera dava i primi segnali: le betulle aprivano le gemme e nello stagno poco lontano dal villaggio era arrivata una coppia di cicogne.

Nella pausa di mezzogiorno ci sdraiammo al sole. Camminando avevo raccolto una brancata di foglie fresche di tarassaco che misi in tasca. Pensavo al Lunedí dell'Angelo e all'usanza di mangiare le uova sode sotto gli ulivi e i ciliegi tra le colline attorno a Bassano e Marostica, e cosí incominciai a mangiare il mio pranzo. Quando finii le foglie, mi trovai sotto le dita il guscio sbriciolato dell'uovo: istintivamente me lo portai alla bocca. Lo masticavo lentamente sino a ridurlo come farina, e poi lo inghiottivo.

La bottiglia ritrovata

In quell'ottobre del 1917, dopo mesi di trincea tra Monte Palo e Toro di Moline, il battaglione era sceso a riposo, finalmente, nella zona di Marostica. Era da maggio, da quando erano saliti sull'Altipiano per l'offensiva che avrebbe dovuto ristabilire il fronte rompendo le difese austroungariche su Zebio, Forno e Ortigara, che il battaglione era sempre rimasto nelle trincee di prima linea, o a ridosso di queste per lavori campali. Era ora che i soldati potessero camminare senza abbassare la testa per le pallottole, o sdraiarsi senza tendere l'orecchio alle artiglierie, o accendere la pipa in pace, in ozio, anzi sotto un albero, e giocare a scopa seduti a un tavolo d'osteria.

Quel pomeriggio d'autunno il tenente colonnello, dopo il rapporto ufficiali, disse al sottotenente Roero: – Domani dovrebbe rientrare dalla licenza il suo collega Villanova e cosí domani l'altro potrà partire lei. Il suo foglio di licenza è già pronto, manca la data e la mia firma.

Giovanni Roero si allontanò dal Comando – una casa di contadini – con il cuore allegro e il passo svelto: erano sette mesi che non abbracciava i suoi e la ragazza! E poi dopo quell'inferno del mese di giugno, che alla fine l'aveva visto ancora in piedi e senza ferite serie! Per questo aveva dovuto pagare da bere ai colleghi superstiti, perché, aveva detto il suo capitano Busa, è raro, rarissimo, che un ufficialetto di prima nomina se la scapoli cosí a buon mercato pur facendo buona figura verso il plotone.

Il capitano Enrico Busa non lasciava passare occasione

per brindare, o per mangiare un buon pasto. Non che fosse un mangione o una spugna: gli piacevano le cose buone, l'amicizia e l'allegria, e proprio per quella sera d'ottobre aveva organizzato in un'osteria di San Luca una cenetta a base di polenta e tordi e vino di Fara per i suoi ufficialetti; e a questa cena per festeggiare il «riposo» dalla prima linea aveva invitato anche il capitano Monelli e un amico d'infanzia, medico condotto da quelle parti.

Fu una bella sera, si cantò, si brindò alla vita. Il capitano Busa volle ricordare con l'amico medico il tempo dell'università, e di quando andavano a morose nei paesi su per le montagne, e certi piatti di polenta e vitello che la nipote del medico preparava per loro tra il dicembre e il febbraio: vitello da latte cucinato con olio burro e rosmarino, polenta maranella, vino nostrano, un sorso di grappa da sentieri.

Giovanni Roero ascoltava con gli occhi un po' lucidi; il suo animo era intriso di riverenza e devozione verso il capitano, che usava scherzare anche quando le cose si mettevano male: ascoltava quei vecchi amici parlare e un giorno avrebbe voluto essere come loro. E poi era felice per la licenza promessa. Tra una pausa e l'altra il pensiero andava al viaggio che l'indomani avrebbe intrapreso verso casa. Gli sarebbe stato piú conveniente andare per Vicenza o per Thiene? Quali erano gli orari dei treni per Torino? Sarebbe riuscito ad arrivare a casa in serata? Chissà che sorpresa per i suoi! Ma bisogna avere prima il foglio di licenza in mano, perché con la naia può capitare di tutto...

Il sottotenente Roero quella mattina del 12 ottobre 1917, a Vicenza, salí sul treno per Torino, dove giunse prima di notte. Il capitano Busa gli aveva raccomandato, piú che di ritornare in tempo allo scadere degli otto giorni, di portargli qualche bottiglia di bonarda, un vino, diceva, che gli andava giusto. Quei giorni passarono troppo in fretta. Giovannino era coccolato dalla madre, guardato con ammirazione dai fratelli minori, amato dalla ragazza, e con orgoglio il padre lo portava a prendere l'aperitivo al *Cambio*. Ma quando ritornò nei pressi di Marostica non trovò piú il suo battaglione, e al Comando tappa gli dissero che doveva raggiungerlo in linea nei pressi di Prà Campofilon, sull'Altipiano.

Lo zaino era pesante perché oltre alle cose personali, biancheria e maglie che sua madre volle portasse da casa pulite e nuove, aveva aggiunto tre bottiglie di bonarda per il suo capitano e una bottiglia di grappa che a Vicenza, in attesa di un mezzo per Marostica, aveva comperato allo spaccio della stazione. Al Comando tappa chiese se c'era qualche camion che doveva salire verso il fronte. Era pronta, gli dissero, una colonna di 18 BL carichi di munizioni d'artiglieria, da scaricare a Campomulo.

Salí sul terzo camion, accanto all'autista. Gli automezzi montavano per i tornanti di Conco, ma giunti nei pressi di Campomezzavia aspettarono che scendesse la sera per non essere visti dal nemico dall'alto degli osservatori del Monte Moschiach. Ripresero la marcia distanziati e con le luci al minimo, anche se la strada tra Bertigo e Gallio era mascherata da stuoie di canna e da teli di iuta. A Campomulo si fermarono a scaricare i grossi proiettili, e il sottotenente Roero proseguí a piedi lungo la strada per Fiara. Ogni tanto incontrava una batteria, un comando, una sussistenza, un ospedale da campo. Ai lati della strada, ogni due o tre chilometri, un focherello denunciava la presenza di un posto di corrispondenza riparato dagli sguardi, dove attorno al fuoco un paio di portaordini immalinconiti, ciondolando dal sonno, stavano ad attendere un messaggio inutile di qualche comandante insonne che voleva rompere le scatole a chi in linea aveva ben altre cose da fare.

Quando venne l'alba, si trovò a camminare nel Boscosecco. Il biancore scendeva dagli alberi e lentamente il bosco riprendeva tutte le sue forme vive, le sue luci e i suoi suoni. Ma anche qualche fucilata lontana e lo scoppio di qualche granata punteggiavano il giorno che nasceva. Lo zaino incominciava a pesargli, sentiva gli spallacci sulle scapole e con le mani dietro la schiena cercava di sollevare il peso. Ma il battaglione non doveva essere lontano; all'ultimo posto di corrispondenza gli avevano detto che, poco dopo le vecchie casare in travi, un camminamento profondo e ben nascosto in mezzo al bosco portava al Comando.

Lasciò la strada militare, non s'infilò nel camminamento ma prese un sentiero che un tempo era stato dei pastori. Dopo un poco si levò lo zaino e si sedette ai piedi di un vecchio peccio. Come gli sembrava lontana la guerra, e come ancora caldo il ricordo della licenza! Non sentiva ancora la melanconia, ma una dolcezza felice inondargli il cuore, e sulle labbra ancora il sapore dei baci. Dal taschino della giubba estrasse un portasigarette d'argento che aveva due iniziali intrecciate: CG. «Portalo sempre nel taschino, – gli aveva detto lei quella sera, – ti proteggerà il cuore». Levò una sigaretta e l'accese.

Chiudendo gli occhi verso il sole, si appoggiò contro il tronco. Quando li riaperse vide camminare lungo il sentiero un gallo cedrone e rimase immobile a osservarlo finché non scomparve dentro i cespugli. Si rialzò, si rimise in spalla lo zaino e riprese il cammino. Il gallo cedrone s'involò con fracasso dalla radura, lui ebbe un sobbalzo e poi sorrise per il suo batticuore.

– Siamo in ritardo, signor Roero! – gli disse il tenente colonnello al Comando. – Doveva presentarsi entro la mezzanotte e sono ormai le nove!

– Ieri pomeriggio ero a Marostica, ma il battaglione era partito.

– Lo so, ma se non arrivava entro mezzogiorno la davo per disertore. Si presenti subito dal suo capitano!

Il capitano Busa, nel ricovero sul rovescio della trincea

di prima linea, disse nel rivederlo: – To', guarda qua el bocia che el ne gà trovà! Ti sei ricordato della bonarda?

La linea della prima trincea correva lungo la cresta di Monte Palo; quella austriaca lungo le pendici del Corno Bianco. Quel settore era calmo e i soldati contrapposti non avevano velleità se non quella di scavarsi tane e ricoveri ben protetti e fare scorta di legna per l'inverno, ben ricordando come quello precedente li avesse sepolti sotto metri e metri di neve, tanto che la guerra l'avevano dovuta fare con il badile e non con il fucile. Il sottotenente Roero riprese il comando del suo plotone, e i suoi soldati, nel rivederlo, lo accolsero dicendo: – La gà magnà la licenza, signor tenente! Adeso gavimo un leto duro!

Il suo baracchino, due metri per tre, era ben scavato dentro la montagna e protetto con muretti a secco e tronchi e terra. Mandò il suo attendente al magazzino per ritirare il sacco a pelo, le coperte, il moschetto, l'elmetto e quant'altro aveva depositato prima di partire per Torino. Intanto disfece lo zaino levando le tre bottiglie di bonarda per il capitano e la bottiglia di grappa comperata a Vicenza. Ma la grappa non voleva offrirla alla mensa ufficiali: pensava di aprirla quando sarebbero venuti il freddo e la neve, e un sorso avrebbe riscaldato il cuore alla pattuglia o alle vedette. Si guardò attorno per cercare un luogo dove riporla. Levò una pietra dal muretto e poi un'altra, con le mani ripulí e allargò lo spazio nel profondo, nascose dentro la bottiglia, rimise sopra una zolla di terra e una falda di muschio. E la lasciò lí.

Passarono quindici giorni tranquilli, ma la guerra ha la sua grammatica, dice von Clausewitz, e per fare piú sicuro il fronte venne l'ordine di ripiegare sulla linea delle Melette, predisposta ancora da Cadorna e resasi necessaria dopo la rotta di Caporetto. Il giorno 27 ottobre il comandante della 1ª Armata, Pecori Giraldi, scriveva ai Comandi dipendenti: «Grave è il compito nostro in questo momento, ma pari all'altezza di esso dovrà essere la nostra tenace volontà di resistere a qualunque costo...» E poi, rivolgendosi agli ufficiali: «... Facciamo appello al loro patriottismo, alla loro massima energia, al loro spirito di abnegazione e di sacrificio per infondere alle truppe fede nel buon successo, che non può mancare se tutti concordemente faranno il massimo per resistere. Ricordo il nostro compito: l'Armata deve costituire una barriera insormontabile per il nemico e impedirgli a ogni costo di sboccare in piano...»

Ma ai soldati in trincea quelle parole non arrivarono, nemmeno al sottotenente Roero, nemmeno al capitano Busa, e quando la notte del 9 novembre giunse improvviso l'ordine di ripiegamento, il primo a mugugnare fu proprio il capitano: – Apena te credi de esere ben intanà, eco che i te stana e riva l'ordine «zaino in spala riposo». E proprio stasera se mete a nevegare –. E ai sottotenenti, chiamati a rapporto per stabilire in che ordine doveva ripiegare la compagnia, e chi doveva restare di retroguardia per mascherare il movimento, disse: – Avanti, bocie, coraio, bisogna andare indrio.

Il sottotenente Roero era stato comandato di retroguardia. Il plotone si era sparso lungo tutta la trincea tenuta dalla compagnia, con l'ordine di sparare ogni tanto una fucilata e tenere accesi i fuochi nei ricoveri per dare agli austriaci l'impressione che tutto fosse normale. Un'ora prima dell'alba anche Roero e i suoi abbandonarono le postazioni, le trincee e i ricoveri che tanto lavoro erano costati e dove anche avevano sperato di passare un inverno tranquillo. Camminavano guardinghi e in silenzio, ogni tanto tendendo l'orecchio.

Nevicava. Quando furono nei boschi di Fiara, dove li aspettava la compagnia, al vedere il capitano Busa con sulle spalle un telo da tenda e il cappello che gocciolava come una gronda, il sottotenente Roero si ricordò con grande rammarico di aver dimenticato la bottiglia di grappa in quel nascondiglio dove l'aveva deposta al ritorno dalla licenza. Ormai era troppo tardi per andare a riprenderla; forse lí c'erano già gli austriaci e sperò solo che non la trovassero. Di questo non volle parlare nemmeno al suo capitano che gli era accanto: chissà che pipa gli avrebbe smoccolato! Averla ora quella bottiglia!

Camminarono sotto la neve e la pioggia fino al Nodo delle Melette dove avrebbero dovuto fare una «barriera insormontabile per il nemico e impedirgli a ogni costo di sboccare in piano».

In quella prima quindicina di novembre, sotto gli occhi dell'imperatore Carlo, che una Commissione Araldica aveva già nominato «Margravio di Asiago», austriaci e bosniaci, appoggiati da trecentocinquanta cannoni, attaccarono il Nodo delle Melette con lo scopo di aggirare le difese del Grappa e la linea del Piave. Da lassú già vedevano la pianura veneta.

Il cannoneggiamento fece ribollire il Monte Fior, il Castelgomberto e il Tondarecar, e dopo vennero all'assalto battaglioni e battaglioni di austriaci e bosniaci. Mitragliatrici, fucilate, bombe a mano, armi bianche, corpo a corpo. Fu qui e cosí che Giovannino Roero finí la sua vita, il 15 novembre. Il giorno prima aveva ricevuto una lettera d'amore e gli pareva, come un cavaliere antico, di lottare per la donna amata.

Enrico Busa riuscí a vivere fino al 5 dicembre. Quest'uomo che amava la vita, l'amicizia, la buona compagnia; che da civile faceva il segretario comunale in un nostro comune a mezza montagna, assieme a pochi alpini superstiti di tante battaglie, cadde combattendo come un leone dopo giorni e giorni di asprissima lotta. Girando lo sguardo a mezzogiorno vedeva Bassano, le colline di Marostica, i Colli Berici, gli Euganei, il Brenta fino alla Laguna e Venezia: lottava per gli amici, per le donne amate che erano laggiú, per il buon vino di Fara. Per lui la patria era una cosa troppo astratta. Morí cosí, e il suo corpo fu uno dei tanti senza nome, nel mucchio di Malga Lora, dove, senza nome, c'era anche quello di Giovannino Roero.

Da questi fatti che ho cercato brevemente di raccontare mescolando immaginazione e realtà, erano giusto passati trent'anni. Una domenica di fine novembre del 1947, un paio d'ore prima dell'alba, mi ero messo in cammino con lo schioppo e la cagna per cercare di portare a casa un lepre, o un forcello, o magari un gallo cedrone da accompagnare alla polenta. Il tempo era da neve e si riusciva appena a distinguere il biancore della strada; camminavo con il mio solito passo e i ricordi accompagnavano il mio andare. La cagna ogni tanto correva avanti, annusando i margini della mulattiera dov'erano passati i caprioli.

Giunsi al Cimitero dei Turchi – dove erano stati sepolti i soldati bosniaci caduti nel '17 – che incominciava l'alba e, dopo aver mangiato un pezzo di pane e formaggio e bevuto dalla borraccia, caricato lo schioppo e armati i percussori, con passo leggero, occhi e orecchi all'erta, mi misi in caccia. Incominciai con il perlustrare i ripiani di Fiaretta attorno allo Scoglio del Tasso, quindi le Buse Magre e poi il Boscosecco: erano posti da galli cedroni e poteva darsi il caso di sorprenderne uno al pascolo mattutino. Li trovai, anche, ma per qualche motivo non sparai. Sparai, invece, a un lepre bianco nelle Buse del Mitterbald, e la cagna me lo portò tutta ambiziosa e scodinzolante; ma anch'io ero contento e ambizioso, e buono il peso nello zaino, dove l'avevo riposto.

Intanto aveva incominciato a nevicare e dopo un poco il bosco era diventato tutto bianco. Ero preoccupato, non per la neve, che tanta sempre ne ho calpestata, ma per un guardacaccia che avrebbe potuto contestarmi una multa e il sequestro del lepre. E non avevo testimoni da poter confermare che avevo sparato quando la neve non aveva ancora coperto il terreno.

Ripresi a camminare verso il Monte Palo. C'era proprio

un bel silenzio! Speravo, in quei paraggi, di alzare magari un gallo forcello (ai tetranoidi si poteva sparare anche con la neve): per mia moglie, per il bambino e per me, con il lepre che già c'era, avremmo avuto carne per piú di una settimana. Non trovai nessun forcello; solo una gallina raminga nella Busa delle Terre More. Ma intanto mi si erano raffreddate le mani che ancora risentivano del gelo della Russia; anche i piedi erano bagnati, e le spalle.

Mi misi sulla strada del ritorno senza passare da Colombara e Zebio come avrei voluto. Dal Fontanello, dove mi ero fermato a bere, vidi che nelle casare di Boscosecco doveva esserci qualcuno, perché un fumo bianco e leggero si alzava tra la neve che ora, rada e lieve, stava per cessare. «Andiamo a vedere chi c'è lí, – mi dissi, – magari intanto mi riscaldo e mangio un boccone».

Prima di entrare scaricai lo schioppo, mi ripulii un poco dalla neve dicendo: – Permesso, gente! – e mentre sentivo: – Avanti! – spinsi la porta.

Distinsi subito la voce, era di Albino Vu, il recuperante solitario un poco strano e tanto saggio. Era lui che mi riforniva la polvere delle cartucce austriache per caricare le cartucce da caccia. La cagna si scrollò dalla neve e andò verso il focolare.

– Hai visto la bolpe qui intorno? – mi chiese. – È qui che gira...

– Ma voi non avete lo schioppo, e lei lo sa.

– Eh? È furba la bolpe!

– Ho però trovato un bel lepre bianco nel Mitterbald...

– E io lo sequestro e le faccio il verbale.

A dire cosí era stato Nane Monco, il guardacaccia piú guardacaccia di tutti, che correva e camminava per le montagne giorno e notte quasi senza mangiare: era capace di fare anche dieci chilometri di corsa per controllare uno sparo, o di seguire un cacciatore una giornata intera senza farsi vedere, per studiarne il comportamento. Era rimasto in un angolo in ombra e non l'avevo notato; forse si era anche nascosto nel vedermi arrivare. La storia della volpe Albino Vu me l'aveva detta per mettermi all'erta, ma non l'avevo afferrata.

– Ho sparato stamattina prima che cominciasse a nevicare e il terreno non era ancora coperto, – dissi.

– Io so solo che lei ha ucciso una lepre.

– Ma non ha sentito la schioppettata?

– Ne ho sentita piú di una, in giro per le montagne.

– L'ho sentita io, – disse Albino Vu. – Ero poco lontano e posso dire che ho sentito lui chiamare la cagna. Diceva «Porta! Porta!...» E non c'era la neve.

Anche Nane Monco sapeva che Albino Vu era uomo di una sola parola e quanto detto l'avrebbe affermato davanti a chicchessia.

– Se è cosí... per questa volta.

Mi avvicinai al fuoco per riscaldarmi e asciugarmi un poco. Dallo zaino levai due fette di polenta e un pezzetto di formaggio e chiedendo permesso all'Albino Vu le posai su una graticola sopra la bracia. Diedi alla cagna un pezzo di pane vecchio e la crosta del formaggio; dalla tasca levai la scatola del tabacco e le cartine. Offersi da fumare a Nane Monco, che era uscito dal suo angolo buio; senza dire una parola si arrotolò una sigaretta.

Il fumo delle sigarette si confondeva con quello che evaporava dai nostri indumenti. Nessuno parlava e Albino gironzolava per i vani della casara. Sentimmo due fucilate dalle parti del Colombara; Nane Monco ebbe uno scatto, buttò la cicca nel fuoco: – Hanno sparato sul Colombara, – disse, e andò fuori con il suo passo da lupo senza dire altro.

Albino si avvicinò al fuoco e si sedette. Incominciai a mangiare la mia polenta calda con il formaggio.

– Quello è un'anima in pena, – disse Albino. – Mangia poco perché è carico di figli –. E dopo: – Come va giú in paese? Hai visto il mio amico Gigi?

Gigi era un signore che era venuto dalle nostre parti per ragioni di salute: polmoni guasti, diceva la gente. Aveva una potente motocicletta e faceva le acrobazie per le strade, che allora erano deserte. S'incontrava sempre con Albino Vu quando scendeva dalle montagne per la spesa; allora, insieme, facevano la ciucca all'Osteria della Pesa.

– Sta bene, credo, – dissi. – L'altro giorno l'ho visto passare con la sua motocicletta.

Albino si allontanò dal fuoco; andò nel vano della casara dove teneva il materiale di recupero e da lí mi disse: – Ti serve un po' di polvere austriaca? Ne ho di asciutta.

Ritornò verso il fuoco con due bottiglie, una scura e una chiara: – Te la regalo, – disse porgendomi quella scura. – O magari alla prima occasione me la ritorni piena di crema marsala. Questa, invece, – disse poi sedendosi, – l'ho trovata in un baracchino sul Palo, dove sono le trincee italiane.

Pareva contenesse acqua limpida, ma il tappo sigillato con il cappuccio di stagno poteva dire altra cosa.

– Era dentro un muretto di un baracchino. Avevo visto che mancava un sasso, ho levato via il muschio e la terra e ho messo dentro la mano credendo di trovare cartucce, invece c'era questa bottiglia. Penso sia cosa da bere. Hai un cavatappi?

Avevo in tasca un coltello multiuso, Albino mi passò la bottiglia. Restavano sul vetro dei resti di etichetta dove si potevano decifrare alcune lettere: LLO... CIA... ORI.

– Credo sia grappa, – dissi.

– Apri, allora.

Con la lama levai lo stagno e piano, con attenzione, avvitai il tappo: – Ora levatelo voi, – dissi ad Albino.

Albino Vu tirò a sé con forza il coltello e lentamente il turacciolo incominciò a uscire. Con lo stappo uscí anche l'odore della grappa che per tanti anni era stata rinchiusa lí dentro. Albino Vu annusò con gusto, poi con calma svitò il sughero dal cavatappi: – E adesso l'assaggiamo, – disse.

Posò la bottiglia sulla panca e andò a prendere il bicchiere da una mensola. Versò un dito di liquido dalla bottiglia, annusò ancora; la fece annusare anche a me: – È proprio grappa buona, – dissi.

La gustò lentamente, guardando il fuoco in silenzio: – Oggi ho fatto un buon recupero. Bevi un poco anche tu, – disse porgendomi bicchiere e bottiglia.

Aveva ripreso a nevicare, la cagna si era addormentata poggiata alle mie gambe, i miei abiti si erano quasi asciugati e c'era un buon silenzio. Il calore del fuoco, l'amicizia che sentivo venire da Albino, il lepre che avevo nello zaino, i tre sorsi di grappa, creavano un buon vivere. Mi arrotolai ancora una sigaretta di trinciato.

Albino richiuse la bottiglia con il suo tappo, che figurava essere ancora buono, e poi andò a riporla da qualche parte. Lui si sarebbe fermato in quella casara per tutto l'inverno, fino a marzo, come un orso in letargo, con pochi viveri e un fuoco. La bottiglia di grappa era diventata la sua medicina e il suo tesoro. Quando ritornò accanto al fuoco che avevo ravvivato, disse: – Chissà che fine ha fatto quel soldato che l'ha dimenticata. Probabilmente è morto in battaglia, se no l'avrebbe presa.

Mi alzai in piedi per riprendere la strada verso casa. Nessuno aveva l'orologio, ma potevano essere le due pomeridiane. Misi lo zaino in spalla e presi lo schioppo. Al mio movimento si alzò, stirandosi, anche la cagna: – Vado, – dissi, – è tardi. Grazie per il fuoco e per la grappa. Credo ci rivedremo in primavera, quando scenderete in paese.

Mi accompagnò fino alla porta: – Stai attento alla bolpe! – mi raccomandò.

Quando mi girai verso la malga, nel riquadro nero della porta, tra la neve che cadeva dolcemente, c'era Albino Vu che guardava. Con le mani gli feci un cenno di saluto. Non mi rispose, si ritirò e richiuse la porta.

Un uomo e una mula nella neve

La sua mula, la Brenta, era forte e calma e meritava ogni attenzione. Quando tornava dalla corvée la prima cosa che faceva era levarle il basto e i finimenti e poi con una manciata di paglia strofinarle la schiena. Ogni giorno, poi, la ripassava con la striglia e la brusca per vedere luccicare il pelo bruno. Ma due inverni prima, in Albania, avevano passato un tempo molto duro per il fango e la neve e anche la fame. Pure in quelle condizioni era riuscito a tenere in forze la sua mula, che alla fine della campagna era la piú in forma di tutto il reggimento.

Ora, qui in Russia, la fatica era minore: era tutta pianura con lunghe e leggere colline. I trasporti, poi, venivano fatti con i treni, i camion, le autocarrette, e solo a ridosso delle linee del Don, per pochi chilometri, venivano usati dei muli. Cosí la maggior parte dei conducenti e dei muli riposava nelle grandi stalle o nei capannoni dei colcos, nelle retrovie. Lui e la Brenta, poi, per le loro qualità riconosciute dal sergente dei conducenti e dal capitano della compagnia, erano stati assegnati al trasporto del materiale della fureria e delle casse personali degli ufficiali.

Si stava avvicinando l'inverno un'altra volta, al posto delle carrette si era provveduto a rifornire le salmerie di slitte: slitte-ambulanza simili a cassoni con una croce rossa in un cerchio bianco, slitte requisite nei villaggi o trovate nei colcos, ma anche slitte da diporto, con sedili e pelli di pecora per i signori ufficiali dei comandi di retrovia.

Anche Romedio pensò di procurarsi e adattarsi una buona slitta. Al suo paese, d'inverno, attaccava il cavallo alla slitta per portare lo stallatico sui prati innevati, o in cortile la legna ammucchiata nel bosco prima della neve, e alla messa domenicale i ragazzi, le donne e i vecchi di casa. Per sua esperienza sapeva che piú che un'appariscente curvatura valevano buoni pattini: larghi e lisci per scivolare sulla neve senza troppo sprofondare. Piuttosto che alta sui supporti era meglio una slitta bassa, per non rovesciare il carico; larga piú che stretta, al fine di distribuire meglio il peso; e solida nei portanti sugli scivoli, nelle stanghe, nei tiranti.

Alla fine di ottobre venne la neve; dopo, anche molto freddo. La Brenta fece il pelo lungo e lanoso e Romedio si cucí un copricapo di stoffa e pelle d'agnello, con i paraocchi come quelli che portavano i vecchi russi del villaggio.

Una notte di dicembre si sentí per la prima volta un boato lontano e continuo, e il cielo, laggiú in fondo, lampeggiava come un temporale estivo. Il giorno dopo, radio-scarpa comunicò la notizia che l'Armata Rossa era passata all'offensiva. Per molte notti durarono quel sinistro lampeggiare e quel boato. A volte offuscati dalla tormenta o portati via dal vento. A metà gennaio boato e lampeggi si avvicinarono. Erano lí a pochi chilometri, dov'erano in linea i soldati del suo battaglione. Dopo due giorni il sergente disse a Romedio di andare con il caporale e altri pochi muli verso il Don, dove c'era il Comando della compagnia. «Ci siamo, – pensò, – ora dovremo ritornare indietro».

Trovò il capitano, caricò le casse della fureria e il bagaglio degli ufficiali; coprí con il telo, legò con la fune. Il capitano, con il Comando e i plotoni che erano sul Don, sarebbe partito nella notte. Nevicava. Riprese la strada del ritorno. Radio-scarpa diceva che ormai erano stati accerchiati e che i carri armati erano arrivati al Comando del Corpo d'Armata. Romedio prese la briglia: – Andiamo, Brenta, – disse.

Dopo due ore arrivarono alla base logistica. C'era una grande confusione: magazzini che bruciavano, camion abbandonati, scoppi di granate, soldati che non sapevano dove andare o cosa fare. Voci dicevano che i carri armati russi erano a pochi chilometri. Romedio e la Brenta, con la loro slitta, passarono con prudenza tra questa confusione finché non trovarono ai piedi della collina fuori dal paese, lungo la strada battuta, i compagni e il sergente che avevano caricato sulle slitte munizioni e viveri. Ora avrebbero dovuto aspettare il capitano e il battaglione con il maggiore, per poi seguirli nella marcia verso occidente.

Nella confusione di quel grande ripiegamento, tra mille voci che si contraddicevano, tra reparti di soldati ungheresi che già avevano buttato le armi, tra feriti e congelati che non si rassegnavano ad aspettare l'arrivo dei russi negli ospedali, ubriachi per il cognac bevuto nei magazzini, sbandati senza ufficiali o ufficiali senza soldati, c'erano pure coloro che non perdevano la testa e vincevano la paura. E venne la notte piú fredda e ventosa, con la neve che imbiancava i muli e gli uomini.

Romedio, quando arrivò l'alba livida, si trovò incolonnato con il suo gruppo dietro il battaglione. Camminarono ancora tutto il giorno nel grande gelo, come spettri bianchi. Vi fu anche un arresto della marcia, perché dovettero affrontare un combattimento. Poi ancora la notte.

E fu quella notte, durante una breve sosta, che Romedio si accorse di una cosa scura che la neve stava coprendo. Si avvicinò. Era un uomo. Un alpino. Senza levarsi i guanti gli ripulí il viso e quello emise un sospiro. Lo liberò dalla neve, lo tirò su prendendolo per le braccia.

Non parlava. – Cos'hai? – gli chiedeva. – Sei ferito? Congelato? – Lo trascinò verso la slitta, alzò il telo, buttò fuori una cassa della fureria e lo adagiò lí sotto.

Arrivarono a un villaggio che incominciava l'alba. Il sergente disse che avrebbero riposato qualche ora. Romedio cercò un'isba verso il centro del paese, accostò la mula, sollevò il telo. Ora l'uomo aveva aperto gli occhi e lo guardava. – Sono ferito a una gamba, – gli disse, – aiutami.

Romedio lo portò dentro l'isba, vicino al forno: – Aspettami qui, – gli disse, – non muoverti –. Ritornò fuori, staccò la mula e la condusse sotto una piccola tettoia; dal sacco di mangime che aveva sulla slitta riempí la musetta per la Brenta e gliela passò attorno al collo: – Mangia, che devi riprendere forza.

Intanto altri compagni erano entrati nell'isba. Il ferito si stava fasciando una coscia con il pacchetto di medicazione. La pallottola gli aveva attraversato il muscolo ma l'osso non era rotto; il freddo aveva bloccato l'emorragia ma poi l'aveva anche fatto svenire. Con la baionetta Romedio aprí una scatola di carne, la vuotò nella gamella, ci spezzettò dentro anche due gallette; andò a cercare dell'acqua, riempí la gavetta e la pose sulla stufa dell'isba. Quando prese il bollore la levò, la porse al ferito: – Mangiane metà. Ma come ti chiami?

Questo fu il primo che caricò sulla slitta. Altri ne raccolse quello stesso giorno quando ripresero la marcia, e per far posto buttò giú dalla slitta la macchina da scrivere e le rimanenti casse della fureria. «A che servirebbero ora tutte queste carte?» si era chiesto.

Guardando indietro, da dove erano venuti, Romedio vedeva una colonna senza fine: una lunga e larga riga nera sulla neve bianca della steppa. Fino all'orizzonte. Ma dov'era stata tutta questa gente? Il suo gruppo di slitte si era ormai confuso con soldati sbandati, altri conducenti e artiglieri. Sapeva che davanti a tutti c'erano i suoi compaesani, che volevano arrivare a casa e non arrendersi. Quando qualche sbandato cercava di salire sulla slitta, Romedio gli imponeva con forza e decisione di scendere: la Brenta aveva il suo carico da tirare e lui la responsabilità di condurla.

Dopo altri sei giorni di cammino per dossi e pianure i feriti sulla sua slitta erano diventati nove. Un giorno ci fu un combattimento piuttosto aspro in un villaggio. Quando Romedio vi giunse, portò in un'isba tutte le casse degli ufficiali e fece saltare i ganci che le chiudevano. Contenevano libri, lettere, sapone, qualche *nécessaire*, ma anche sigarette, latte condensato, cioccolato, biscotti, calze di lana e maglie. Raccolse in due casse i viveri e gli indumenti e abbandonò lí tutto il resto. Ma dovette anche difendere quelle cose preziose da chi voleva ingordamente mangiarle o spartirle: – Ho dei feriti da portare avanti, – disse, – e voi potete ancora camminare e cercarvi da mangiare.

Quando dopo otto o piú ore di marcia arrivava il momento di sostare per un combattimento o per la tormenta, o per la necessità di riposare un poco, sempre, quando era possibile, cercava di ricoverare i feriti che aveva sulla slitta.

Il sacco di mangime finí, e lungo la pista ogni tanto ci s'imbatteva in muli che morivano di stenti, che poi subito venivano spolpati dagli uomini affamati. Romedio fu fortunato, perché un giorno, in un colcos abbandonato, trovò un gran mucchio di grano e si riempí un sacco: «Se la Brenta non mangia, neanche i feriti che ho sulla slitta usciranno da questo imbroglio»; cosí, durante le soste, la mula con pazienza triturava il grano con i suoi grandi molari e Romedio con altrettanta pazienza sgusciava e mangiava semi di girasole. Aveva anche l'accortezza di non farle mai bere l'acqua gelata dei pozzi: prima gliela intiepidiva nella sua gavetta. In tutto questo caos, doveva anche stare molto attento che non gliela rubassero durante le soste per cavalcarla o per mangiarla. Ma a parte che la Brenta difficilmente avrebbe acconsentito ad andare con altre persone, per previdenza Romedio si legava al polso una cordicella stretta attorno al collo della mula.

Ai feriti dava l'assistenza che poteva: cibo, acqua, calore; e in questo gli erano venute molto a proposito le casse degli ufficiali. Uno di loro, poi, un tenente della sua compagnia con una brutta ferita, era anche stato accolto sulla slitta. Tre giorni dopo che gli alpini glielo avevano portato, la ferita andò in cancrena e il tenente morí. Se ne accorse una notte, quando, aiutato da uno sconosciuto samaritano, stava ricoverando i feriti. Chiuse gli occhi al tenente, con fatica gli levò il cappotto con la pelliccia, che sarebbe stato giovevole ad altri feriti, e insieme al samaritano lo seppellí nella neve.

Non si sapeva piú da quanti giorni si andava cosí, come naufraghi in un mare di neve. Ancora due altri feriti gli morirono. Quello che aveva raccolto per primo, che oramai si sentiva «guarito», una mattina volle raggiungere i suoi compagni. La Brenta tirava sempre con grande impegno il suo carico, ma ora era dimagrita persino lei e il pelo era arruffato e sempre coperto di brina. Se c'era una salita da affrontare, o la neve alta, Romedio dava due mani alla sua Brenta, spingendo o tirando le parlava con dolcezza: – Dài, da brava, dài, Brenta, che ce la facciamo.

Un giorno cominciò un grande combattimento, quello decisivo: i feriti da caricare sulle slitte sarebbero stati centinaia. Romedio ne caricò quanti potevano starcene, uno addosso all'altro, stipati. Forse quindici. Forse di piú. Con sempre maggior fatica andavano giorno e notte, senza fermarsi; la colonna si sfilacciava in lunghe code, o con vuoti. Ogni tanto si sentiva sparare e non sapevi chi era, o dove. Altri feriti morirono, forse per il freddo. Quando si fermavano, Romedio non aveva piú la forza di portarli dentro le isbe e cosí, per tenerli caldi, aveva messo falde di paglia sopra i cappotti e le coperte, e il telo sopra la paglia.

Una sera – il freddo era diminuito e le giornate si erano allungate – vide su una collina dei carri armati e dei soldati vestiti di bianco. Uno di loro, con il binocolo, osservava l'orizzonte dove ancora camminavano gruppi di sbandati.

Il giorno dopo, lungo una strada che attraversava un villaggio, c'era una colonna di autocarri in attesa, con il motore acceso. Erano i nostri Fiat e i Bianchi con gli ufficiali italiani dalla divisa in ordine. Controllavano chi saliva sui camion: i feriti, i congelati, gli ammalati.

– Li portate in ospedale? – chiese Romedio a un capitano con la fascia della Croce Rossa sulla manica del cappotto.

– In ospedale a Charkov, – gli rispose quello.

– Allora le consegno questi feriti che ho sulla slitta.

Levò il telo, la paglia, le coperte sporche di sangue e d'altro. Il capitano guardò stupito e incredulo. Poi chiamò due soldati dei suoi. Romedio li aiutò a caricare i feriti sul cassone del camion, dov'era stata stesa della paglia. A uno a uno li salutò e con la mano dava a tutti un segno di affetto e di augurio: – Tra poco sarete in Italia, e poi vi manderanno a casa –. Quando tutti furono sistemati emise un profondo sospiro di sollievo.

– Ma come hai fatto a portare cosí tanti feriti fuori dalla sacca? – gli chiese il capitano.

– È stata lei a farlo, la mia Brenta. È tanto brava...

Andarono via leggeri lungo la strada. Dopo un'ora trovarono un cartello con il nome del suo battaglione e una freccia che indicava un gruppo di isbe. Staccò la slitta, lasciò lí anche i finimenti. «Se ci chiedono dov'è il materiale della fureria e il bagaglio degli ufficiali, – disse alla sua Brenta, – diremo che abbiamo perduto tutto».

Quasi una tregua

Questo del 2004 è un inverno duro; nevica da molti giorni e sul tetto della casa la neve si accumula e non si scioglie.

I caprioli affamati si avvicinano a noi: hanno mangiato l'erica del muretto, hanno denudato i rami bassi degli abeti e, nell'orto, morso, fin dove potevano discoprirli, i porri che in autunno non avevo levato in tempo. Ora la neve copre tutto.

La strada che porta a casa mia è bloccata e il vento dell'est infila nelle vallette la neve accumulandola come dune.

Sabato notte il capriolo piú giovane è stato investito sulla strada che passa qui sotto mentre andava a cercare qualcosa da mettere nello stomaco. I fine settimana sono pericolosi anche per loro. Dopo l'incidente, è venuto a rifugiarsi accosto al muro piú riparato della nostra casa: domenica mattina era ancora lí accucciato e ci guardava tra la neve che vorticava. Lo credevo affamato e mia moglie, dalla finestra, gli ha fatto cadere accanto delle fette di mela. Si è alzato ed è andato pochi metri piú in là a sdraiarsi sotto il grosso peccio. Camminava male, strascinando sulla neve gli arti posteriori.

Anch'io ero cosí sessantuno anni fa nelle steppe della Russia.

Telefonai al guardacaccia; era a far servizio in pianura. Arrivarono in due dopo tre ore, con il fuoristrada: – È affamato e non sta in piedi, – disse il piú giovane dopo che l'aveva fatto alzare. La bestiola, con gran fatica tra la neve alta, fece dieci passi dentro il bosco. – Non arriverà a stasera. Vai a prendere la carabina e finiscilo, – disse, rivolgendosi a me, il guardacaccia anziano.

No, non me la sentivo di sparare cosí a un capriolo affamato e immobile nella neve.

Il piú giovane dei guardacaccia, che abita poco lontano, andò fino a casa a prendere la carabina.

Ritornai in questa stanza. Poco dopo, attutito dalla neve, sentii lo sparo e il guardacaccia anziano dire: – Aveva il bacino rotto.

Cosí quattro giorni fa. Da allora è continuato a nevicare. Oggi all'alba il vecchio maschio ha fatto il giro attorno alla casa ed è rientrato nel bosco. La neve sta ricoprendo le sue tracce. Ora sarà con il piccolo branco sotto quel fitto di pecci con i rami bassi, al riparo dalla bufera. Spero che in questi giorni abbiano a trovare le foglie delle verze e dei broccoli che ho lasciato per loro nei posti piú riparati. Come me, aspettano la primavera. Ma dove si saranno riparate le cince dal ciuffo?

In questo marzo nevoso mi viene da ricordare quel tempo immisurabile di quando, usciti dalla sacca dopo tormente e battaglie tra il Don e Šebekino, lasciando nella neve migliaia di compagni, si riprese a camminare verso una primavera che doveva pure arrivare.

Ora siamo rimasti in pochi a ricordare; i *media* hanno sostituito la tradizione orale e trasformato i costumi; non c'è nessun Omero per cantare storie epiche, né un Senofonte a fare la cronaca.

Anche il mio corpo è stanco, questo vecchio corpo che tante vicende ha subito, e nelle ore notturne, in attesa del sonno o dell'alba, con la luce soffusa della neve che viene dalle finestre sul bosco, il pensiero si sofferma su quel tempo, e ricompaiono volti di amici, episodi, situazioni drammatiche. Non solo sofferenze, anche momenti sereni di giochi infantili, visi ridenti, lettere d'amore, sogni, canti, montagne conquistate. I doni della giovinezza.

Sarà perché qualche giorno fa ho trovato in soffitta e poi portato su questo tavolo la cassettina di noce dove avevo riposto le carte di quel mio tempo? Anche questa cassettina ha una storia che viene da lontano. Per cinque lire, nell'aprile del 1940, il caporale Baiocchi, falegname della nostra compagnia, me l'aveva costruita con materiale d'occasione. Cassetta da soldati, fuori dal regolamento, che qualcuno di noi teneva accanto al pagliericcio e che per tradizione, almeno da noi, era tollerata dai comandanti di compagnia.

Allora eravamo accantonati a Castellamonte, nel Canavese, in quel pastificio dismesso dietro l'albergo *Tre Re*, dove invece c'era il Comando di reggimento. In quella cassettina tenevo qualche libro, un quaderno, la penna e una boccetta d'inchiostro, fogli e buste, la corrispondenza che ricevevo da parenti e amici e da qualche ragazza; anche una scatola di latta con il pennello, il rasoio di sicurezza, le lamette, il sapone e una bottiglietta di acqua di Colonia. Quando si avvicinò la guerra la consegnai a una lavandaia, le diedi il denaro per spedirla a mia madre. Una notte suonò l'allarme e partimmo, zaino in spalla, per la Val d'Aosta.

Passarono mesi, stagioni e anni. La guerra girava per l'Europa e non era mai sazia di vite umane. Mia madre usò la cassettina per raccogliere le lettere che mandavo dai fronti di guerra, e quando venivo in licenza vi riponevo la corrispondenza che avevo ricevuto nel frattempo. Nel maggio del 1945, al mio ritorno, ritrovai tutto.

Ora è qui, ho riletto quanto scrivevo dal fronte occidentale, da quello greco-albanese, da quello orientale e dai Lager. Ci sono il mio entusiasmo e la mia incoscienza di ragazzo, le bugie che raccontavo perché non stessero a preoccuparsi, ma anche la nostra miseria quando chiedevo cibo, magari farina da polenta, polvere insetticida per i pidocchi del corpo, aghi e filo per rammendare, carta da lettere. Un giorno di questa primavera che tarda cosí tanto a venire porterò tutto nell'orto, cartoline e lettere, farò un debbio come con le foglie secche. A chi potrebbero interessare queste lettere? Ma poi sono cose mie, intime, quelle che raccontavo a mia madre e quelle che lei raccontava a me. A una madre basta un accenno per capire quello che altri mai capirebbero.

Leggo cartoline in franchigia che hanno illustrazioni eroiche e frasi mussoliniane o dannunziane; dalla calligrafia e dalla brevità dello scritto, dalla data, ricostruisco una situazione drammatica; dalla lunghezza un momento tranquillo.

Su delle buste senza francobollo avevo scritto: *Zona di guerra sprovvista di francobolli ma non di cartucce*. *VINCERE!* e, magari, *VIA AEREA*. Forse era quel *VINCERE!* a far sí che quel messaggio passasse la Posta Militare e la Censura e, in pochi giorni, giungesse in via Monte Ortigara 5, dove abitavano i miei?

Anche quella casa dove sono nato molti anni fa non è piú quella; non è piú la vecchia casa di montagna che mio nonno fece costruire cento e piú anni fa, che poi nel 1916 si prese le prime cannonate e s'incendiò. La grande cantina nel 1917 diventò il Comando di una brigata austriaca. Nel 1921 fui il primo degli Stern a nascere in quella casa, perché da secoli abitavano in piazza, al Kantun von Stern. Eravamo in tanti, piú di venti, forse trenta, in certi momenti, tra famigliari e famigli. Da lí, ragazzo, partii una mattina di novembre per andare soldato negli alpini. Sí, volevo fare carriera militare. Lí ritornai dopo sette anni, quando avevo aperto il cammino per diventare ufficiale, ma dietro avevo moltissimi amici morti e l'orrore di una guerra nefasta che mi aveva fatto scoprire l'inganno della patria fascista. Non volevo essere un militare, anche se in quegli anni avevo conosciuto alcuni uomini che con il grado e l'intelligenza avevano dimostrato grandi qualità umane nei momenti piú difficili. Verso di loro sentivo stima e ammirazione. Uno di questi, che nel tempo piú drammatico aveva assunto tutta la sua responsabilità, lo sentii un giorno dire: – Se ritorneremo in Italia andrò a Roma per gridare la mia indignazione e dopo mi strapperò gradi e decorazioni.

Leggo queste lettere che mia madre ha conservato. In Albania avevo diciannove anni, in Russia venti. Leggo quelle parole che accennavano appena al disagio, alla fame, ai pidocchi, al freddo, ai combattimenti. Lei capiva tutto e mi rispondeva: «Prego per te».

Ma c'è un tempo, dal 2 gennaio al 18 marzo del 1943, che non trovo nei miei scritti. Erano i giorni piú duri, quelli senza data che racconto nel *Sergente nella neve*, e quelli che vennero dopo, quando uscimmo dall'accerchiamento e camminammo per altre centinaia di chilometri, fino ai dintorni di Gomel, in Russia Bianca.

Continua a nevicare. Dopo aver riletto le lettere che mia madre mi spediva in quel tempo e che non ho mai ricevuto perché ritornavano indietro (le lessi dopo mesi), ho ripreso tra le mani anche *La guerra dei poveri* di Nuto e *La tregua* di Primo. Ecco, per me quei quaranta e piú giorni di vagabondaggio dietro le linee del vastissimo fronte russo furono pure *una tregua*.

Ho davanti agli occhi il grande Atlante Internazionale del T.C.I. aperto sulla carta della Russia in tre fogli; ho anche il volume dell'Ufficio Storico dello Stato Maggiore dell'Esercito che narra *Le operazioni delle unità italiane al fronte russo (1941-1943)*, 2ª edizione; e il terzo volume della *Storia delle truppe alpine*, edito dall'A.N.A., e poi fotografie di quel tempo e relazioni di storici russi per quanto riguardava il nostro settore.

Tutto questo mi ha riportato date, nomi di località e di generali, episodi di guerra, schieramenti, battaglie. Ma anche suscitato ricordi vivi di noi vagabondi dentro la storia su nevi lontane.

Nel primo inverno pacifico del dopoguerra, il nostro premuroso postino ci portò una sera una lettera che avevo scritto dal fronte tre anni prima. Dov'era stata fino ad allora? Che strada aveva fatto per trovare il numero 5 di via Monte Ortigara? Portava impressi timbri di Posta Militare e di verifica per censura, postali russi, polacchi, tedeschi, italiani. Ma era infine giunta a destinazione! Era come me.

Ora non la ritrovo piú. Come non ritrovo quella cartolina in franchigia che il maggiore Bracchi ci consegnò in bianco invitandoci a scriverla subito subito, perché un aereo l'avrebbe portata in Italia.

Arrivò al paese una sera che nevicava, con l'ultimo trenino. Bortoletto Bet, il postino poeta, nello smistare e nell'ordinare la distribuzione per l'indomani, la ebbe tra le mani, la rigirò, la lesse, la mise da parte. Appena chiuse l'ufficio, si precipitò da mia madre: – Ecco, signora Annetta, la cartolina di Mario!

Da piú di quindici giorni in paese si diceva che Mario era morto in Russia. Tutti lo sapevano tranne mia madre, alla quale, ammalata, nessuno voleva dirlo. In casa si viveva una strana atmosfera. Quella sera piansero e poi cantarono. Cosí mi dissero.

Osservo anche i timbri, le date, le censure e gli indirizzi o le varianti della *Kriegsgefangenenpost* che mi seguiva per i Lager. In alcuni indirizzi di casa il cognome Stern che scrivevo è messo in risalto da un cerchio blu o da una linea rossa. Mi viene il ricordo di quanto lessi qualche anno fa su una pubblicazione a uso di filatelici: i «tecnici» delle SS venivano messi negli uffici postali dei Lager per scegliere e individuare, attraverso gli indirizzi, eventuali ebrei ancora liberi per poi prelevarli e farli passare per il camino.

Ora, a pensarci, mi vengono i brividi; certamente i miei non si erano curati di questi segni sull'indirizzo, ma di sicuro qualcuno di quei tristi figuri avrà fatto ricerche all'anagrafe del nostro Comune. No, noi quassú, considerati cimbri, non eravamo di origine ebrea, e quello Stern, a dire dei miei vecchi, era la storpiatura di un cimbrico Ernst.

Il 31 gennaio 1942, solo come un cane randagio tra altri randagi, ero uscito dalla sacca del Don. Dagli altri sbandati mi distinguevano il fucile che, d'istinto, portavo sulla spalla sinistra (a chi usa la destra viene piú pronta la mira!) e due bombe a mano che con un paio di caricatori tenevo nelle tasche della giacca.

Il maggiore Bracchi vide che camminavo con fatica; mi venne incontro e mi manifestò il suo affetto battendomi una mano sulla spalla, dicendo: – Bravo. Vai in quel gruppo di isbe, c'è il nostro battaglione; in una troverai i tuoi della 55.

Una piccola isba per una compagnia di quasi trecento uomini! Eravamo rimasti in pochi. Il giorno dopo arrivarono gli ultimi, i piú malandati. Aiutammo a caricare sui camion i feriti, i congelati e gli ammalati, per farli arrivare agli ospedali di Charkov. Qualcuno non voleva proprio lasciarci perché si sentiva piú sicuro con noi.

In tre giorni ci rassettammo; potemmo anche mangiare qualcosa preparato dai cucinieri rimasti. I miei compagni Tardivel, Tourn, Antonelli si manifestarono molto premurosi nei miei confronti. Filippini, il sergente furiere, annotò la mia presenza sul ruolino della compagnia; anche lui, congelato ai piedi, fu costretto a farsi ricoverare contro la sua volontà: non avrebbe potuto camminare ancora con noi.

Dei sette ufficiali e degli otto sottufficiali della nostra compagnia erano ora rimasti il sottotenente Braida, il sergente Dotti dei conducenti, e io del plotone mitraglieri; a comandare i resti, una quarantina di alpini, il maggiore

Bracchi mandò il tenente Zanotelli, un trentino bravo e pratico che subito s'interessò per farci avere qualche paio di scarpe e coperte, viveri di riserva. A me lasciava le normali incombenze del servizio.

In quei villaggi lungo la strada che da Šebekino portava verso Belgorod, i resti del Corpo d'Armata Alpino avevano trovato pochi giorni di tregua. Ora, da quarantatremila eravamo sedicimila, con circa la metà dei muli con i quali eravamo partiti dal Don. Tredicimila uomini ricoverati per ferite, congelamenti, malattie. Tutti gli altri erano rimasti nella neve, o si trovavano nella marcia del *davai* verso i campi di prigionia sparsi nell'immensità della Russia.

Il mattino del 3 febbraio, ancora con il buio, ricordo che nevicava, ripartimmo in fretta da quelle calde isbe: l'Armata Rossa aveva ripreso l'offensiva ed era possibile ancora una volta rimanere accerchiati. Quel giorno avevano iniziato la grande battaglia per liberare Charkov e noi, che avevamo il torto di essere vivi, eravamo d'impaccio alle manovre dei tedeschi.

Si andava lesti tra la neve che cadeva. Avevamo avuto tre giorni di riposo; non piú munizioni, mitragliatrici, mortai, feriti da portare avanti. Ora indossavo anche un paio di buone scarpe e la piaga al piede destro era stata medicata. In testa alla nostra compagnia camminava il tenente Zanotelli, io venivo ultimo, ma la colonna era breve. Era corta anche la colonna del nostro battaglione Vestone.

In testa, a fare il passo, c'è il maggiore Bracchi che cammina in fretta e fatichiamo a seguirlo. Penso che certamente avrà il suo motivo, visto che conosce le nostre condizioni fisiche. Attraversiamo un centro abitato, la via è molto larga tra schiere di case con staccionate; la nostra fila si allunga e sono costretto a incitare chi rallenta. Io mi appoggio a un bastone che ho preso da un cortile. Per la strada ogni tanto passano dei camion tedeschi e nostri. La via ridiventa vuota.

In mezzo alla strada c'è un soldato italiano inginocchiato nella neve. Ma da dove viene? Grida verso di noi chiedendo aiuto; dall'aspetto e dal modo di parlare e di gestire mi sembra un nostro fratello del Sud. Un fante? Non ha fucile, in testa porta una bustina allacciata sotto il mento e chiede aiuto a noi che camminiamo lesti al lato della via. Camminiamo.

Mi resta doloroso questo ricordo. Un rimorso che non so allontanare nemmeno dopo tanti anni. Potevamo, potevo essergli di aiuto?

Forse era fuggito da qualche ospedale per venire con noi, temendo di essere abbandonato. Forse era stato abbandonato dai suoi compagni. Spero che qualche camion l'abbia raccolto, ma anche questo pensiero non allontana la mia colpa.

Quel giorno dovevamo fare molti chilometri, forse una cinquantina. Fu allora che incontrammo un reparto corazzato di Waffen SS che andava a fronteggiare l'offensiva invernale dell'Armata Rossa? I possenti carri armati, nuovi di fabbrica, con lunghi cannoni di medio calibro e mitragliatrici, avanzavano sferragliando, altri cingolati corazzati trasportavano munizioni e carburante. Gli equipaggi, in cuoio nero e casco pure nero, erano seduti sui mezzi, e dalla loro altezza ci guardavano con disprezzo: eravamo degli sconfitti e degli *Zigeuner* italiani. Ogni tanto lanciavano nella neve delle bottiglie vuote dalle quali avevano tracannato. Piú avanti, raccogliendone una da dove erano passati, lessi sull'etichetta *Champagne*. Erano partiti dalla Francia quando noi eravamo in ritirata; ma qui trovarono poi la loro fine.

Lungo la strada s'incontravano cartelli che indicavano la nostra direzione di marcia con le sigle dei reparti. Leggevamo i nomi delle località verso le quali dovevano proseguire: Belgorod, Akhtyrka, Sumy, Romni, Prilucky, Kiev... I chilometri di neve erano ancora centinaia ed eravamo nei primi giorni di febbraio.

I nostri muli, quei pochi che erano rimasti e che avevano salvato la vita ai nostri feriti, erano stati raggruppati con gli altri del battaglione o del reggimento; Braida, un veterinario e il sergente maniscalco Simula camminavano con loro. Con noi era ritornato il sergente Dotti ed era lui a darmi un aiuto per i ritardatari.

Le tappe giornaliere sono lunghe; la nostra piccola colonna si sfilaccia e, oramai, andiamo avanti d'istinto e per abitudine. Alla partenza ci hanno dato due giorni di viveri ma ora ci si arrangia come nella sacca e la spesa la facciamo dai poveri contadini ucraini: semi di girasole, cetrioli in salamoia, patate, cavoli agri, qualche uovo.

Tardivel, il vecchio caporalmaggiore del secondo plotone, si è fatto ancora piú esperto per sopravvivere. Con lui ho scoperto che nella campagna, sotto i cumuli di neve segnati con un corto paletto, si trovano delle patate interrate e ricoperte di paglia. Le palpiamo introducendo il braccio dopo aver levato il paletto. Forse sono la scorta per le semine primaverili, o, anche, sono state cosí nascoste per proteggerle dal gelo e dalle razzie dei soldati. Non riteniamo giusto svuotare questi depositi della gente e allora, di sera, con un bastone sulla cui estremità abbiamo legato un grosso chiodo, dopo aver sfilato il paletto, infilzando una patata alla volta, qua e là, le rubiamo rimettendo poi tutto in ordine. Tardivel ha anche senso umoristico e quando, dopo averle lessate, le distribuiamo ai compagni, dice: – Patate con il chiodo. Specialità della ditta Tardivel e Rigoni.

Quando viene il tardo pomeriggio siamo stanchi, allora ci fermiamo al primo villaggio che incontriamo per passare la notte nelle isbe. La gente ci accoglie senza proteste e non usiamo mai la prepotenza. Ma poi, che potenza abbiamo? In questa maniera di andare, fuori da schemi militari di marcia, il mio gruppo di una trentina di alpini non segue programmi se non quello di marciare verso ovest sulle tracce di quelli che ci precedono.

Ad Akhtyrka ci aspettano e non dicono nulla sul nostro ritardo. È lí che Bracchi consegna a ognuno una cartolina in franchigia da scrivere a casa. Ci dice: – Scrivete alla vostra famiglia che state bene e firmate. Non aggiungete altro. Partiranno per l'Italia con l'aeroplano.

Nella cassettina ritrovo alcune lettere di quei giorni: mio padre mi aveva scritto il 13 gennaio, mia madre il 26: il giorno della piú drammatica battaglia di tutto il ripiegamento. Mi diceva: «Mio caro Mario, dopo piú di un mese senza tue notizie mi è giunta la tua lettera del 20 mese trascorso. Mi consola saperti sano e sempre il solito...» Mi scriveva anche che alla Posta non prendevano piú pacchi per il fronte russo e che non mi poteva nemmeno mandare francobolli «per via aerea» e i fogli e le buste che avevo chiesto. Aggiungeva che lí erano in corso i campionati nazionali di sci della Gil e che mio fratello Aldo con tre amici era partito per il Rifugio Lozze per poi salire con gli sci all'Ortigara. Terminava: «... Ciao, caro Mario, ti bacia con tutto il cuore e ti benedice la tua mamma». Fu l'unica volta che mi benedisse, e proprio quel giorno, di benedizioni, ne avevo tantissimo bisogno.

In un'altra lettera del 9 febbraio scriveva: «... ieri ho ricevuto la tua lettera del 2 gennaio dove sento della tua buona salute...» Il giorno 20 febbraio ancora mi scrive: «... siamo sempre in attesa di tue notizie, ma spero che tra giorni ci giungeranno...» In questa data la cartolina in franchigia scritta il 12, quella che smentiva la mia morte, non era ancora arrivata. Forse arrivò qualche giorno dopo. O quella sera. E io camminavo, camminavo sulle nevi di febbraio.

A giorni di violenta bufera si alternavano giorni di freddo intenso, ma anche di benevolo sole. Mi colse una brutta forma dissenterica, ma mentre nella sacca non potevo fermarmi a sciogliere i pantaloni per il pericolo di assideramento, di svenimento o di perdere i miei compagni, ora potevo farlo quando occorreva. Dotti la prima volta si era fermato ad aspettarmi, ma le scariche si ripeterono e gli dissi di proseguire in coda al nostro gruppo. – Io vi raggiungerò, non preoccuparti per me. Saprò trovare la traccia; siamo gli unici ad avere gli scarponi con i chiodi –. Camminando cosí fuori dal gruppo a causa della diarrea, una sera che nevicava giunsi in solitudine in un villaggio dove dei soldati tedeschi festeggiavano il carnevale. Quello che accadde in quella notte l'ho già raccontato in *Tre patate lesse*. Ripartii che era ancora buio e raggiunsi i miei compagni.

Avevamo preso una direzione che indicava *Prilucky*. Si camminava da villaggio a villaggio per terre semideserte e non pensavo a casa, non alla guerra, ero come un vagabondo, o un vecchio cane da pastore in coda al gregge. Ora incontravamo poche truppe tedesche. Qualcuno ci aveva detto che questa zona era terra di partigiani, nell'aria c'era la loro presenza ma non ci disturbavano. Intorno a noi c'era tanto spazio vuoto.

Un giorno che il vento freddo sollevava la neve come fosse sabbia, mi aggrappai a un camion tedesco di passaggio per cercare di guadagnare un po' di strada. Ero stanco e debilitato dalla dissenteria. Ben presto le mani che erano nude (i miei guanti erano rimasti sulla neve di Nikolajevka) incominciarono a dolermi e lasciarono la presa. Rotolai nella neve e con furia presi a massaggiarmele perché piú non le sentivo. Ritornarono mie con dolore e quella sera, quando giunsi in un villaggio, tagliai un pezzo di cappotto e mi cucii un paio di muffole.

Certamente, anche se non si vedeva, avevamo anche noi una stella cometa che c'indicava la strada, perché sempre, prima o poi, ritrovavamo il gruppo piú forte che ci precedeva, o che ci raggiungeva, perché da noi sorpassato per altra pista.

Ricordo quel tempo come il piú libero della mia vita, di sicuro il piú indipendente e anarchico. Le marce, il riposo, il mangiare, il dormire, la notte e il giorno erano a nostra fantasia. Certe volte, in un villaggio piú grosso ci rifornivamo dai depositi tedeschi e un timbro che aveva in tasca Tardivel e un mio scarabocchio accomodavano ogni discussione. Che cosa avesse di magico quel timbro non si sa. A loro bastava uno *Stempel*. Quando ci ritrovavamo riuniti in qualche cittadina, a rifornirci di qualcosa erano i nostri magazzinieri.

Avevamo preso la direzione per Kiev e, a un certo giorno del nostro vagabondare per l'inverno ucraino, delle indicazioni ci dissero di seguire la strada per Cernigov e Gomel. La naia non mutava. Naia: fatalità, destino. Sopra i soldati che si allontanano dal fronte chi decide? La naia. Ferrovie, piste camionabili, *Armeestrasse*, inverno, disgelo, armate che si scontrano, panzer come montoni, aeroplani come artiglierie volanti, partigiani. Vagoni bestiame stipati di feriti e di congelati, ma anche di finti ammalati. Soldati in gruppi che camminano con congelati e ammalati veri per le campagne innevate.

Era il febbraio del 1943 e attorno a Charkov infuriava un'asprissima battaglia dove furono prese a cornate quelle Waffen SS che avevamo visto arrivare dalla Francia con la scorta di champagne. Loro, i signori della guerra.

Un giorno incontrammo due autocarri che erano venuti a prendere il nostro gruppo. Salii sul secondo per ultimo, nelle cabine avevo fatto accomodare i piú malandati.

Per viaggiare su un camion scoperto avrei preferito un altro giorno, con il sole. Con quel freddo e quel vento era meglio camminare, ma forse, in questo modo, avremmo eliminato tre tappe a piedi.

Venne notte e freddissimo, con un vento che sollevava nuvole di neve. Il camion all'improvviso si fermò. Tutt'intorno non c'era un lume, un segno qualsiasi di vita. All'orizzonte, su un dosso, s'intuiva un fabbricato lungo e basso. L'autista scese e aprí il cofano. Saltai a terra anch'io. Il motore non voleva ripartire, l'autista frugò dentro, tentò di avviare con la manovella; io giravo con fatica, lui manovrava sul carburatore. Frugò, smontò, pulí, e quel vento freddo ci faceva trattenere la coperta attorno alla testa. Provammo a spingere il camion sulla pista innevata. Non ripartiva.

Dovevo decidere qualcosa, non potevamo resistere una notte fermi nella steppa, c'era il rischio che qualcuno si prendesse un congelamento. Forse ci conveniva abbandonare il camion e proseguire a piedi. Prima o poi avremmo incontrato un'isba. Era come essere ritornati nella sacca. Mandai Tardivel con due alpini a vedere cosa fosse quel fabbricato sul dosso; arrivato lí, mi avrebbe segnalato se era il caso di raggiungerlo azionando il suo accendino fatto con una bomba a mano svuotata. L'autista con i due piú malandati di noi poteva restringersi nella cabina, al riparo.

Avevo però una strana sensazione e questo mi preoccupava; no, non era paura, ma pensavo che in quella situazione e con un autocarro in sosta nella steppa, potevamo essere aggrediti dai partigiani che in quelle zone, a quanto si diceva, erano numerosi. Da Tardivel venne il segnale di via libera e lo raggiunsi con il resto del gruppo.

Il fabbricato era stato un grande magazzino di un qualche colcos lontano; era ampio, vuoto, con negli angoli qualche resto di grano. Sull'impiantito c'erano rimasugli di paglia e gambi di girasoli. Da lassú si poteva anche controllare il nostro autocarro, e mandai uno a chiamare i tre che erano rimasti. Con i gambi di girasole accendemmo il fuoco nell'angolo piú riparato. Io e Tardivel stabilimmo i turni di vedetta per vegliare sul nostro riposo e sul camion fermo sulla pista. Venne una notte lunga e inquieta, la tormenta faceva vorticare la neve per le aperture del magazzino. Finalmente apparve un'alba livida e ritornammo verso il nostro automezzo.

Anche noi eravamo lividi e come ingessati. Per cena e per colazione avevamo mangiato semi di girasole. Da lontano, sentimmo giungere il rumore di un motore. Non vedendoci arrivare, erano venuti in cerca di noi con un'autocarretta e un camion. Di quella notte è rimasto un brutto ricordo e non so come dopo abbiamo proseguito.

Forse erano i primi giorni di marzo, quando giungemmo nei pressi di Gomel. La campagna, finalmente, dava segni di scongelamento, e macchie brune, stagni dove si specchiavano le betulle, rompevano l'uniformità della neve. In quei villaggi i tetti delle isbe erano le prime cose a rinverdire. Le galline razzolavano lungo gli steccati al sole.

Da lí ripartimmo verso la metà del mese. Con le solite tradotte cavalli otto uomini quaranta. Ora che non avevamo né zaini né tante armi da portare, bastavano quattro vagoni per ricondurre in Italia tutto il battaglione. Con i complementi eravamo stati complessivamente milleseicentoquaranta; ora eravamo trecentottanquattro. Non tutti in buone condizioni.

Attraversammo la Russia Bianca e la Polonia, la campagna riprendeva a vivere e, tra i rottami della guerra, qualcuno riprendeva a seminare. Quelle grandi distese arate sotto il cielo primaverile mi davano un grande senso di pace. Di giorno non faceva piú freddo e, seduto sulla portiera, riprendevo a vivere con la natura.

A Leopoli ci fecero scendere per lo spidocchiamento e per la sterilizzazione di quanto restava delle nostre vestimenta; ma se riuscii a salvare dall'autoclave le lettere piú care che avevo ricevuto sui fronti di guerra, non mi riuscí di conservare, e ancora mi dispiace, quella pallottola che sul Don, fermata dalla carabina che impugnavo, avrebbe dovuto colpirmi giusto in fronte. Avevo progettato di farne un anello per Anna.

Il 16 marzo scrivevo:

«Mia carissima mamma, sono ritornato! Ieri ho varcato il confine della patria e ora mi trovo a Udine al Comando tappa n. 106 per fare quindici giorni di contumacia. Ai primi di aprile verrò in licenza di un mese. Sto bene e non sono affatto magro e non risento delle durissime fatiche e battaglie dell'inverno scorso. Ma chissà come tu aspetti questa lettera! Da quanti mesi non ricevi mia posta? Chissà come sarai stata in ansia per me, ma ora basta pensieri tristi che fra poco sarò da te. Come sono ansioso di rivedervi tutti. Baci tanti tanti a te e ai fratelli e tutti. Mario».

Ritorno nel Lager 1 | B

Negli anni trascorsi mi capitava di andare alla ricerca di carte geografiche dell'Europa dell'Est e, con una lente d'ingrandimento, scoprire i nomi scritti in piccolo di villaggi e luoghi: ormai nella memoria si è formato un archivio d'immagini legate da strade, ferrovie, fiumi, laghi e città.

Lassú nella Polonia, in quella regione ora chiamata Warminsko-Mazurskie, c'è il voivodato di Olsztyn; un tempo quella città si chiamava Allestein, la regione Ostprussen, Prussia Orientale, storicamente, invece, è la Masuria. Nel Medioevo, era la terra dei Cavalieri Teutonici, che la cristianizzarono al ritorno dalle crociate rendendola loro stato sovrano. Da lí si espansero a est e a ovest ma a est, nella Moscovia, nel 1242 furono respinti e sconfitti sul lago Peipus da Aleksandr Nevskij. Secoli dopo, quando la Germania si unificò come impero sotto Guglielmo I, la Masuria divenne la terra degli Junker, figli cadetti dei principi proprietari di grandi estensioni di campagna dove, come braccianti e servi, lavoravano nativi di origine slava. Loro, gli Junker, fino ai tempi di Hitler fornirono generali di stato maggiore e alti funzionari di governo. A Rastenburg, ora Ketrzyn, Hitler aveva fatto scavare la *Wolfsschanze*, «Tana del lupo», da dove dirigeva le operazioni dei suoi generali.

Di questa lontana terra conservavo un tristissimo ricordo che il tempo ha attenuato, non cancellato, e che negli anni Cinquanta mi accompagnava ogni giorno. A tenerlo vivo era stata anche la lettura di due libri: *La selva dei morti* e *La vita semplice* di Ernst Wiechert, che mi aiutarono, con altri, a ritrovare speranza quando con molta fatica presi a riscrivere i ricordi della ritirata di Russia.

Sessant'anni or sono, proprio in questi giorni d'autunno, ero in un Lager qui vicino, e ora, da Varsavia, dopo l'incontro con i lettori organizzato dall'Istituto Italiano di Cultura, con auto a noleggio e interprete, parto di buon mattino per ritornare lassú. Un ritorno che avrei voluto fare da tempo ma che sempre rimandavo perché qualcosa mi tratteneva e mi turbava; ma questa poteva essere per me l'ultima occasione di rivedere quel luogo.

Vi ero giunto il 17 settembre 1943 dopo due giorni e due notti di tradotta con sofferenza, fame e rabbia. Da Innsbruck, rinchiusi in cinquanta dentro ogni vagone bestiame a formare un lungo treno, attraversammo Austria, Boemia e Polonia. Di giorno, quando potevo, mi alzavo sulla punta dei piedi per leggere dalla finestrella inferriata il nome della stazione e avere conoscenza di dove ci stavano portando.

All'alba del secondo giorno, vagone per vagone e per pochi minuti, ci fecero scendere in aperta campagna per i bisogni corporali e per prendere qualche gavetta d'acqua da una riserva delle locomotive. Per tutto il viaggio e da dividere tra tutti cinquanta, alla partenza da Innsbruch ci avevano consegnato due chili di pane nero. Dopo due notti e un giorno che si viaggiava cosí stipati e puzzolenti, le reclute, che ancora avevano sulle labbra il sapore delle minestre di casa e il bacio d'addio, incominciarono a illanguidire e, di notte, a piangere sommessamente per la fame.

Per esperienza e prevedendo il peggio, a Innsbruck, con incosciente destrezza e per fame ero riuscito a rubare dal magazzino tedesco, mentre distribuivano il viatico, tre filoni di pane e tre scatole di carne. Nel vagone lo zaino mi faceva da capezzale e anche da sedile; mio vicino era Dotti, l'anziano sergente maggiore dei conducenti, mio compagno di marce dalla Russia all'Ucraina alla Bielorussia. Sottovoce gli dissi del mio bottino e dell'idea di dividerlo con le reclute. Naturalmente era d'accordo. Ma quanti erano questi ragazzi? Era difficile contarli e in quella ressa di corpi era difficile anche distinguerli, allora mi alzai in piedi e con voce decisa invitai quei disgraziati ad alzare una mano. Dapprima titubarono; insistetti, cercando di metterci autorità, e guardandoli in viso uno a uno ne contai una ventina. Mi sedetti e apersi lo zaino. Dotti aveva un coltello robusto, e con quello incominciai ad aprire le scatole di carne che erano di un chilo l'una, e a tagliare a fette il pane, cercando di essere preciso nelle razioni. Dotti metteva una fetta di carne su ogni fetta di pane; distribuimmo tenendo anche per noi una razione ciascuno. Nessuno dei nostri anziani mise parola o fece commenti sul nostro operare. Avevano osservato in silenzio.

Alla fine del viaggio eravamo allo stremo delle nostre forze. Vagone dopo vagone, aperte le portiere, ci fecero scendere urlando ordini che quasi nessuno capiva. HOHENSTEIN, avevo letto sul muro della stazione appena sorpassata. «Ma dove siamo?» mi chiedevo. Mai avevo sentito nominare quel posto.

C'inquadrarono per cinque, ci contarono e ci ricontarono, controllando sui loro fogli vagone per vagone; ci fecero uscire per un cancello carraio e ci avviarono per una strada selciata che si addentrava nella campagna. Ai due lati erano schierate delle scolaresche con i loro maestri: al nostro passaggio incominciarono a tirarci sassi e a sputacchiarci addosso. Gridavano: – Badoglio! Badoglio!

Che triste quel camminare e che rabbia per quei ragazzi, che desiderio di prendere a calci gli insegnanti in camicia bruna che li accompagnavano. La strada divenne in terra battuta. Noi si andava in silenzio, barcollando per la fame.

Ma cosa mi riporta ora a rivedere questi posti, a risvegliare queste memorie sessant'anni dopo? Perché rivedere i luoghi della sofferenza e della morte? Allora eravamo giovani e in tanti; forse ventimila italiani fummo qui rinchiusi come conseguenza dell'8 settembre 1943. Tanti non avevano vent'anni, erano i ragazzi dell'ultima leva che doveva rifare i battaglioni distrutti in Russia nell'inverno precedente, altri erano soldati dei depositi e dei distretti, o dei magazzini, che noi pochi sopravvissuti consideravamo imboscati e che chiamavamo con il nomignolo di *topi*. Noi pochi *veci* che avevamo alle spalle tre fronti di guerra, anche senza dircelo sentivamo verso i piú giovani e inesperti il dovere di proteggerli e aiutarli. Cosí pensavano i vecchi sergenti Baroni e Bertazzoli e i piú anziani ex caporalmaggiori Antonelli e Tardivel, promossi sergenti e decorati sul campo per merito di guerra. Il nostro *capo*, che era arrivato al Lager sul nostro stesso convoglio perché a Innsbruck si era rifiutato decisamente di andare con gli ufficiali, era un prete scalcinato e in tonaca nera, non in divisa militare, con due straccetti di gradi e un cappellaccio d'alpino: padre Ottorino Marcolini, si chiamava, dell'Oratorio della Pace di Brescia, uno che il giorno della festa del 6° reggimento alpini, il 10 giugno, anniversario dell'Ortigara, davanti al nostro battaglione schierato aveva sfidato gerarchi e autorità parlando non di vittoria ma di pace.

Il primo a morire nel Lager I|B fu un alpino della mia baracca, che nel 1940 era stato per breve tempo nella mia squadra e con il battaglione Verona era uscito dalla sacca del Don. Dopo pochi giorni che eravamo lí rinchiusi, una mattina, ancora buio, alle urla dei guardiani non si alzò dal tavolaccio. – Nefrite, – ci disse padre Marcolini, che lo accompagnò alla sepoltura.

Il luogo delle sepolture era fuori dal recinto. Già tante e grandi erano le fosse comuni dei soldati russi, in quella terra desolata.

Ma perché ritornare in questi luoghi? Io so com'era e

cosa c'era dentro quei recinti di reticolati, in quelle tetre baracche che contenevano ognuna trecentocinquanta di noi; quelle nebbie invernali, quella fame che di notte faceva piangere i piú deboli, quelle lusinghe per farci cedere e arruolarci nell'esercito di Graziani. Quelle urla:

– Aufstehen! Schnell! Raus! Raus! – e quei colpi di bastone sui pali della baracca e sulle schiene di chi tardava a scendere dai tavolacci. Cosí anche nel cuore della notte, e piú volte, per poi farci sostare ore al freddo o sotto la neve per una conta che, secondo loro, non tornava mai.

Ora so perché voglio ritornare; è troppo labile la memoria degli uomini, e poi voglio che mio figlio, mia moglie, mia nuora e anche l'interprete intuiscano quello che abbiamo patito per colpa del fascismo. Voglio lo sappiano i miei lettori, anche se sono storie dell'altroieri. Anche se ancora pochi di noi sono testimoni, questo nostro passato non deve restare nell'oblio perché ora i nostri ventri sono sazi e le case calde, perché abbiamo un letto pulito per dormire e i nostri nipoti sorridono compassionevoli se ci vedono raccogliere e portare alla bocca le briciole che rimangono sulla tovaglia o se mettiamo da parte un pezzo di pane rimasto sulla tavola.

Qualche volta sorridendo mi veniva da dire di aver fatto venti mesi di villeggiatura in Germania. Da ora non lo dirò piú. Faccio mie le parole di Primo Levi: *Voi che vivete sicuri | Nelle vostre tiepide case, | Voi che trovate tornando a sera | Il cibo caldo e visi amici... | Meditate che questo è stato.*

In questa mattina di un sabato d'ottobre sulla strada che mi riporta all'I|B ricordo tutto e anche i versi di Levi. Sono in una comoda auto e mio figlio guida tranquillo; lo invito a non andare in fretta. In questa stagione la campagna polacca è davvero bella, vasta e molto colorata. Sembra impossibile che tanta crudele guerra l'abbia percorsa. Per breve tratto costeggiamo la Vistola, poi la attraversiamo e proseguiamo per la strada n. 7 che conduce sul Baltico. Dopo un centinaio di chilometri il traffico dirada e si fa piú contadino che industriale: carri con cavalli, trattori, camion carichi di prodotti di questa terra: patate, carote, rape, barbabietole, cavoli. Cavalli bradi pascolano tranquilli; attorno alle fattorie maiali che grufolano, contadini che lavorano. Boschi decidui si alternano a boschi di conifere, a laghetti, a terreni paludosi. Osservo anche i campi arati soffici e profondi, di grana fine e brillante: è il deposito del grande ghiacciaio che nell'Olocene qui ricopriva tutto. È luminoso, l'autunno!

Non parlo, osservo e confronto. Allora non era cosí, quando vi giunsi e non sapevo dov'ero. Lo ricordavo tetro, grigio, freddo, come quando lo fissavo stando al di qua dei reticolati. Era la fame? Il viso smunto e affilato dei ragazzi non ancora ventenni che erano rinchiusi con noi? Le improvvise chiamate notturne per la conta? Le liti per la distribuzione del pane? Il silenzio dall'Italia, la dimenticanza? Quell'orribile momento storico che stavamo penando?

Ora, per letture e per curiosità, so che in questa terra d'Europa ci sono state scorrerie di eserciti e di popoli, che nel 1410 polacchi e lituani sconfissero a Tannenberg il potente Ordine Teutonico dei Portaspada, che nell'agosto del 1914 pure a Tannenberg il generale von Hindenburg sconfisse l'armata zarista del Narev e nel settembre l'armata del Njemen sui Laghi Masuri.

Da questa terra mi costrinsero via nell'estate del 1944 e mi rinchiusero in un luogo ancora piú triste dove c'erano miniere di carbone, erbe aride e vento secco che sollevava sabbia...

Voli di corvi e di ghiandaie che rapide attraversano la nostra strada sghignazzando, stormi di cesene sui terreni arati. Sulla strada il traffico è ora rarefatto. Alla fine del gennaio 1945 l'Armata Rossa era arrivata qui accerchiando le forze tedesche e portando il terrore. Negli occhi di quegli uomini c'erano i seicentomila morti di fame dell'assedio di Leningrado, le stragi dei civili in Bielorussia, i mucchi di cadaveri dei loro compagni che erano stati fatti prigionieri, e non ebbero pietà, né per gli Junker, né per qualsiasi altra cosa che fosse tedesca: uccisero e distrussero quanto c'era che non fosse russo o polacco. Un soldato di quei reparti, che era qui giunto camminando e combattendo, mi raccontò che la loro artiglieria distrusse a «tiro diretto» il grande mausoleo dov'era stato deposto il corpo del generale von Hindenburg und von Beneckendorff, e che poi loro, a raffiche di *pomaliot*, ridussero in polvere anche i mattoni. Cosí il popolo russo cancellò il simbolo del militarismo germanico.

Davanti a loro tutti fuggivano verso ovest; c'era pioggia, fango, neve, desolazione e morte. Il Lager I|B era poco lontano dal grande mausoleo, incombeva anche su di noi. Qui, all'arrivo dei russi, i prigionieri che erano rimasti demolirono i reticolati; avevano anche preso il Lagerfeldwebel Braum per impiccarlo sul palo dove sventolava la bandiera uncinata, e dopo buttarono il suo corpo nelle latrine. Per lui sparare a un prigioniero russo – un Ivan, come genericamente li chiamava – era come sparare a un ratto.

Sempre quel veterano ormai canuto mi raccontava che a Königsberg ebbero rispetto solo per la tomba di Immanuel Kant: – Non si volevano arrendere neanche dopo che fu firmato l'armistizio. Allora distruggemmo tutto tranne la tomba del filosofo.

OLSZTYNEK, leggo sul tabellone all'entrata del villaggio, e poco dopo ci ritroviamo davanti alla stazione ferroviaria. Qui, in questo fabbricato, ero entrato solo una volta, sotto scorta, quando mi accompagnarono lungo la ferrovia per Königsberg, ora Kaliningrad, dove c'era un piccolo distaccamento di prigionieri, in una località chiamata Guldenboden che su nessuna carta riesco piú a leggere. La memoria però ritrova tutto come allora, la squallida sala d'attesa, le panche, gli orari, le pareti scrostate, l'odore del carbone. Non mi fecero sedere su quelle panche ma restare in piedi al centro della stanza, e quando tentai di scambiare qualche parola con le donne che mi guardavano curiose – magari solo dire «Sono italiano» – le due guardie armate mi zittirono minacciose. Erano vecchi soldati richiamati, con i baffetti alla Hitler. Ora da qui non transitano nemmeno i treni: sul muro esterno ho letto l'orario del passaggio dell'autolinea per Kaliningrad e per Brest-Minsk.

Esco sui binari, tra le rotaie cresce l'erba. Dovevo, lassú lontano, con un pesante piccone cavare quell'erba e sistemare la ghiaia tra le traversine, da buio a buio, e alla sera, una fetta di pane e un litro di zuppa di rape. Nient'altro. In questo nostro distaccamento tanti erano diventati tubercolotici. Quanti prigionieri polacchi, francesi, russi, italiani sono scesi qui dai convogli maledetti? Quanti non sono ritornati nelle loro case?

I miei e la signora polacca hanno capito il mio stato d'animo e mi lasciano solo a girovagare. Ecco il binario dove ci hanno fatto scendere, ecco il cancello da dove siamo usciti: di là ci aspettavano le scolaresche schierate parte per parte. – Badoglio! Badoglio! – ci gridavano, e sputi e insulti.

Mi avvio a piedi per la strada che portava al Lager. Non la ricordavo selciata, ma certamente sarà stata cosí anche allora. Il paesaggio intorno non mi sembrava cosí agreste. Il cielo era grigio e piovoso? Non ricordo bene, certamente era molto triste. Ricordo bene, invece, che fissai lo sguardo su quell'altura a destra, alla cui sommità si ergeva quella rossastra torre ottagonale di mattoni che sul vertice aveva dei fregi e una bandiera uncinata. Ora non c'è piú, e l'altura è ricoperta da un giovane bosco di latifoglie con i colori autunnali.

Non mi sembrava cosí breve la strada che dal paese arriva al Lager; l'ultimo tratto è in terra battuta, un suolo di grana sottile, siliceo, con erba selvatica. Dove la strada diventa una cavedagna, una tabella plasticata appesa a due pali porta la scritta: KRALIKOVO 1939-1944 – STALAG I|B, e un tabellone protetto da una tettoia, scritto in polacco, tedesco e russo, racconta un poco la storia di questo luogo; ma è difficile da decifrare perché è imbrattato con colori a spruzzo.

Sotto un acero che lo indora con le foglie cadute, un blocco di granito portato fin qui dal ghiacciaio in tempi remoti reca scolpite delle parole in memoria delle vittime del nazismo e del fascismo.

Assieme abbiamo letto queste parole, ma poi, da solo, mi avvio verso un luogo a destra che ritrovo preciso nel ricordo. Come segno c'è un avvallamento paludoso: era dove i prigionieri russi addetti allo svuotamento scaricavano il liquame delle latrine. Un po' sopra c'era la baracca dello spidocchiamento e della disinfestazione e rasatura totale; e quella dell'accoglienza dove passai due mesi quasi in solitudine, meditando su quanto era avvenuto in quegli ultimi anni della mia vita. Mi erano amici i russi che qualche volta potevano avvicinarmi sfidando il Lagerfeldwebel.

Prima dello spidocchiamento, in questa mia baracca sostavano i prigionieri italiani che ritornavano nel Lager dai distaccamenti di lavoro e i prigionieri russi, tra i quali anche tanti feriti, che mi portavano le ultime notizie dal fronte. Certe volte mi davano qualche patata. Un giorno, un marinaio italiano che ritornava in patria perché aveva aderito volontario alla marina di Salò mi lasciò in dono una mezza bottiglietta di acqua di colonia *4711*: – Io presto ritorno in Italia, – mi disse. Fu davvero un bel regalo, e annusarla ogni tanto mi dava grande emozione.

Dall'angolo di sosta e spidocchiamento, per una *lagerstrasse* che piú volte sotto scorta ho percorso ma che non ha conservato la traccia, m'incammino verso un recinto di rete metallica: lí dentro c'era il «cuore» del Lager, la baracca sorvegliatissima e con piú giri di reticolato intorno dove stavano rinchiusi dei generali dell'Armata Rossa, dove c'erano il Comando, la caserma delle guardie, i magazzini, l'armeria. E l'archivio in cui c'erano i registri con i nostri nomi e le schede con le impronte digitali, la fotografia di ognuno con il suo numero sul petto. Com'ero? Dentro il recinto pascola un gregge, ci giro intorno dall'esterno per cercare un passaggio; arrivo all'angolo estremo di sinistra dove, ultima di tante, c'era la mia baracca. Aveva il numero 55? In 329 eravamo lí rinchiusi e il Lagerfeldwebel, il giorno dopo il nostro arrivo, mi ordinò la responsabilità della distribuzione del pane e della pulizia. Quella sera del settembre del 1943 giungemmo qui barcollando per la fame e, come queste pecore, con Cecco Baroni, Tardivel, Bertazzoli e Antonelli, ci mettemmo a cercare e mangiare l'erba piú tenera. Dall'alto della torretta di guardia il faro e la mitragliatrice seguivano il nostro pascolo. Due giorni dopo venimmo a sapere da Radiolager che in questo settore del campo prima di noi erano stati rinchiusi migliaia di prigionieri russi, e che tutti erano morti per un'epidemia di tifo petecchiale.

All'esterno del recinto, dove la terra è arata, rimangono scoperte delle grosse carote; dove è piú basso lo scavalco con un po' di fatica. Cammino sul prato dove c'era la mia baracca, conto i passi, trovo il luogo dove stavo sdraiato a meditare: sul passato, sulla fame, sulla responsabilità. Sopra le ossa dell'anca, per la magrezza, si era formato un callo squamoso. Qui avevo schiaffeggiato un alpino sopravvissuto a Russia e Albania, perché aveva rubato un quarto di razione di pane a un suo compaesano, qui mi avevano rubato gli scarponi per scambiarli al mercato nero del Lager. In fondo, dopo un altro recinto di reticolati che impediva il passaggio ma non di comunicare, c'era una baracca dov'erano stati rinchiusi degli ufficiali italiani – anche colonnelli di qualche deposito o distretto –

che offrivano sigarette in cambio di maglie, calze di lana, scarponi. Quando scopersi questo traffico m'indignai e inveii contro le reclute che accettavano, ma piú contro questi indegni e meschini ufficiali.

Mi guardo intorno, le pecore pascolano tranquille, non ci sono cani né pastori; l'autunno è nei suoi colori piú belli; è un paesaggio *pastorale*: sembra impossibile che qui sessant'anni fa c'erano fame, morte, miserie, urla di comando.

Dentro al recinto che rinchiude il gregge sono cresciuti degli alberi di melo selvatico, alcune pecore sotto questi alberi addentano e masticano i piccoli frutti che sono caduti. Ora voglio anch'io mangiare una mela, una piccola mela rossa del Lager I|B: mi sembra un dono che la natura mi offre come diritto, come risarcimento di tanta non-natura patita. Mi avvicino all'albero e le pecore semiselvagge si allontanano indispettite; scuoto il tronco e cadono tre piccoli frutti colorati e sodi. Uno lo raccolgo, lo addento e a piccoli morsi, masticando a lungo, ne gusto la selvatichezza: allora il suo sapore, il suo colore, la sua forma sarebbero stati possibili solo in un sogno. Ma anche ora è un sogno.

Non c'è nessuno intorno a me, solo memorie, volti lontani di compagni che erano qui. Mio figlio gira e mi guarda da lontano, mia moglie è con l'interprete e con mia nuora, mi aspettano dove una volta c'era l'entrata. Cammino ancora e con me, davanti, si spostano le pecore. Poi girano e mi ritrovo dove c'erano le baracche dei tedeschi, queste sí erano belle, alte da terra con una scaletta e un poggiolo; forse d'estate avevano anche i fiori. Sono le uniche che conservano una parvenza di perimetro; ci sono dei resti di tavolame, dei pali. Forse quelli che issavano la bandiera con la svastica. Guardo a lungo questi pochi resti del Lager I|B; tra poche stagioni spariranno anch'essi. Che cosa rimarrà? Forse queste mie povere parole?

Molte decine di migliaia di prigionieri sono stati rinchiusi qui dentro, erano cittadini d'Europa che vivevano tra l'Atlantico e gli Urali, ma anche siberiani, asiatici. 55 000 sono morti in questo luogo che sembra un prato, pascolato da pecore in un autunno luminoso e colorato. Erano molto bravi, i tedeschi, a tenere la contabilità. Io ero il n. 7943 I | I | B. Quell'I dopo il numero sta per «italiano» il B distingueva la serie dei Lager della Prussia orientale e della Polonia del nordest.

La Medusa non ci ha impietriti

Valgiardini, 12 aprile 1987

Caro Primo,

questa è una lettera che ti debbo per vecchia amicizia. Ti avevo scritto dopo aver letto il tuo ultimo libro e ti dicevo della mia solidarietà e di come il tuo saggio cosí intelligente e spietato mi avesse riportato tali e tante sofferenti memorie da levarmi il sonno; quel sonno che tu ora hai ritrovato e che ti auguro simile a quello di quando ragazzi nelle sere di primavera ci si addormentava all'improvviso dopo aver tanto giocato all'aria nuova. Ma tu, ieri, non avevi giocato all'aria di primavera e forse a farti dormire cosí, a farti chiudere gli occhi su questo mondo indifferente e venefico, è stata la stanchezza di quella lontana stagione del 1945.

Sono ormai tanti anni che ci conosciamo, piú di trenta (erano appena usciti i nostri due primi libri), e una vigilia di Natale a chi t'intervistava esprimesti il desiderio di trascorrere con me la notte del 25 dicembre, in un rifugio tra le montagne sepolte dalla neve. Ti scrissi subito: «Vieni, andremo a camminare per nevi incontaminate su per la montagna; accenderemo il fuoco dentro un bivacco e staremo in silenzio a guardare le fiamme: non avremo bisogno di spumanti e di panettoni, né di suono di campane; a noi basterà la compagnia del fuoco». Non venisti, allora, perché i legami del lavoro e della famiglia ti tenevano a Torino.

Ma un giorno di primavera – era come oggi la stagione – arrivasti con Lucia. Guardammo insieme le arnie delle api, ti mostrai i favi che gocciolavano miele, la regina, la covata, i fuchi, le operaie intente ai loro lavori. Tu con ironica sapienza frenavi il mio entusiasmo dilettantesco e con ragionamento logico ridimensionavi il lavoro e l'ordinamento della società delle api. Poi andammo per un sentiero poco lontano da casa a vedere i caprioli; mi chiedevi dei fiori, degli arbusti, degli alberi, dei funghi, degli animali silvestri.

Tutto questo era bello, ma ogni tanto tra noi scendeva un silenzio improvviso che non era per ascoltare i rumori e le voci della natura, ma perché la tua e mia presenza, reciprocamente, rievocavano i fantasmi di un'altra primavera che, seppur lontana, avevamo vissuto con simili esperienze. Cosí una mezza frase, una parola in tedesco, in russo, polacco, o yiddish, scendeva tra noi provocando una sorta di timoroso pudore.

Quante volte, Primo, in questi ultimi anni ti dicevo: «Vieni, andremo per boschi dove non incontreremo gente estranea; cammineremo sul muschio tra il verde cupo come sul fondo del mare; oppure con gli sci tra il silenzio luminoso, e questo ti farà dimenticare l'angoscia di Auschwitz, e gli impegni di lavoro e della famiglia». Come per un breve periodo ti era capitato durante un'estate.

Eri stato in un luogo fuori mano delle montagne valdostane che con nostalgia mi raccontavi: qualche laghetto a duemila metri che rispecchia il cielo; pascoli da camosci fioriti di genziane, anemoni, soldanelle, miosotis; lenzuola di neve sui fianchi dei monti; ghiacciai sulle vette intorno. È un posto sconosciuto ai turisti e che anch'io conosco; avevamo progettato di ritornarci insieme per sostare, camminare, arrampicare, guardare le stelle e godere il sole. Sarebbe stato l'opposto del campo di concentramento. Ma forse anche un luogo come questo non avrebbe allontanato i ricordi e i fantasmi.

Un pomeriggio d'inverno mi trovai a Torino, era il momento del traffico piú intenso e la nebbia scendeva lungo i corsi e si arrampicava per le finestre dei palazzi. Ti telefonai. Uscisti da casa e c'incontrammo in via Roma e poi, ti ricordi, siamo andati a camminare tra la gente. Mi raccontavi della tua infanzia, di un negozio dove si vendevano a metri le stoffe e le tele, e di un dialetto che ormai piú nessuno capisce. Entrammo anche in un bar nei pressi di corso Re Umberto e stemmo lí seduti per qualche ora a parlare.

Il discorso cadde sugli usi e i riti delle tradizioni ebraiche. Ricordo che letteralmente bevevo le tue parole ed era come se un mondo antichissimo e saggio mi si aprisse davanti per la prima volta. A ogni mia curiosità cercavi di dare una risposta. Quando ci alzammo da quel tavolino, solo allora, ci accorgemmo della gente che era lí a discutere animatamente davanti a un giornale sportivo disteso sul banco. Ci guardammo sorridendo come se noi fossimo depositari di un segreto vissuto e capito nelle terre di Polonia.

Ieri, caro Primo, dopo che un giornalista mi ha comunicato per telefono la tua dipartita, mi sono un poco ripreso sfogliando i tuoi libri. Tra le pagine di *Il sistema periodico* ho trovato una tua lettera del 1983, e da questa ho forse capito il tuo gesto. Mi scrivevi di tua madre quasi novantenne e ammalata, di tuo figlio che era partito per gli Stati Uniti lasciando un grande vuoto nella vostra casa, di te e di Lucia che vi sentivate come «tagliati fuori dal mondo».

Ma tu sentivi anche «un vuoto personale. È un po' come se nel mio ultimo libro avessi spesi tutti i miei capitali. Per un futuro vedremo; per adesso, tanto per non far arrugginire il cervello e la macchina da scrivere, sto traducendo un libro di antropologia di cui non m'importa niente. Se vivessi come te sull'altipiano non avrei di questi problemi, mi metterei gli sci da fondo e via; ma qui è diverso; malgrado la crisi ci sono auto dappertutto, ferme o in moto, e solo per uscire dalla città ci vuole un'ora di lotta e di pazienza. E anche tutti i vecchi amici sono in crisi, chi per salute, chi per quattrini, chi per i figli che girano male. È per questo che ti scrivo [...] Caro Mario, scusa lo sfogo, un giorno o l'altro mi rimetto in piedi...»

Fra le cose piú care ho anche due tue poesie; una è senza data e ha i versi scritti su un computer (già, il giorno che l'acquistasti mi telefonasti con entusiasmo, invitandomi a farlo anch'io, «è come un gioco, – dicevi, – in una giornata impari a usarlo anche tu!»). Avevi aggiunto con la tua calligrafia chiara e sottile: «Questa è inedita e temo che lo rimarrà a lungo. La dedico ad Anna».

L'altra poesia è inserita in una lettera tutta manoscritta, dove tra l'altro dicevi: «So bene che fare poesie non è un mestiere tanto serio, ma mi prendo egualmente la libertà di mandarti questa che s'intitola *A Mario e a Nuto*: Ho due fratelli con molta vita alle spalle, | Nati all'ombra delle montagne. | Hanno imparato l'indignazione | Nella neve di un paese lontano, | Ed hanno scritto libri non inutili. | Come me, hanno tollerato la vista | Di Medusa, che non li ha impietriti. | Non si sono lasciati impietrire | Dalla lenta nevicata dei giorni».

È per uso interno e privato... Ma io, oggi, la rivelo perché tu, piú di ogni altro, non ti sei lasciato impietrire dalla lenta nevicata dei giorni.

Ieri, caro Primo, era una giornata splendida di primavera e le api raccoglievano polline e nettare dai crochi e dalle eriche. Ho visto il ritorno delle prime rondini e il bosco risuonava dei canti degli uccelli in amore. Ma io piangevo perché tu te n'eri andato. Oggi il cielo è velato e un temporale gira per le montagne. Ma non piango piú perché ho nel cuore il tesoro che tu mi hai lasciato e che mi aiuta a essere meno stupido e meno cattivo. Ciao Primo, arrivederci tra quelle nostre montagne nascoste; te lo voglio dire, anche se tu sorridi mesto a questo mio «arrivederci».

Primo Levi, moderna odissea

Quando il 19 ottobre del 1945, gonfio, barbuto e lacero, Primo Levi arrivò a Torino dopo un fantastico e incredibile vagabondaggio non voluto attraverso sette nazioni dell'Europa orientale, sentí il bisogno, anzi la necessità, di raccontare. Già sul treno che da Verona lo portava a Torino, ai compagni di viaggio occasionali voleva dire nella notte le sue esperienze di deportato ebreo in un Lager nazista. Voleva subito far sapere, testimoniare con la sua parola e con la sua presenza. (Ma anche prima, in un luogo della Polonia chiamato Trzebinia, aveva tentato di raccontare al «mondo civile», ma non era stato ascoltato).

Ora, finalmente, per la prima volta nella sua lingua madre, dava libertà ai ricordi e ai fatti che gli urgevano dentro: nell'ultima tappa del ritorno. Gli sconosciuti compagni di viaggio ascoltavano increduli e in silenzio, i visi tesi nel semibuio dello scompartimento di terza classe, mentre il treno correva nella notte sui binari sconnessi e tra i sobbalzi, incontrando le stazioni semidistrutte.

In quell'autunno del dopoguerra, trovava nella sua Torino le case fredde, le strade disselciate, i tram che andavano e non andavano, i negozi senza merci, i pochi viveri della tessera annonaria, la gente che cercava un lavoro qualsiasi, i parenti e gli amici che andavano a chiedere ai reduci notizie di chi tanto tardava a ritornare. O di chi non sarebbe piú tornato.

Primo Levi camminava da solo per le vie, «con lo sguardo fisso al suolo, come per cercarvi qualcosa da mangiare o da intascare presto e vendere per pane», come fosse ancora al tempo di Buna-Monowitz. Ma forse cercava altro *qualcosa*: un'insegna, la targa di una via, un numero civico, un volto, una panchina, un giardino, una fila d'alberi che gli facessero dire: questo che ritrovo è vero, esiste. Ma quello che ho visto e vissuto è anche vero. E l'incubo? Il sogno nel sogno?

Sognava, nella notte del Lager, di raccontare al ritorno l'orrore del Lager, ma a uno a uno tutti gli ascoltatori se ne andavano e lo lasciavano solo. Era come sognare di mangiare: si apre la bocca e si mastica e non c'è nessun cibo.

Anch'io, in quell'autunno e in quell'inverno del 1945, desideravo raccontare; andavo alla ricerca di *qualcosa* tra i boschi delle mie montagne (la nostra «Resistenza» era stata triste e non aveva trovato sfogo). Mi accompagnavano le ombre degli amici che non erano ritornati e dialogavo con loro perché quasi nessuno, o solo uno, tra quelli che erano rimasti a casa, dimostrava di voler ascoltare le mie storie.

Levi raccontava ai vecchi amici, alla sorella, a Lucia quello che era stata la vita (la morte) nel Lager; diceva con precisione e meticolosità delle allucinanti e tragiche avventure, e di come aveva fatto a ritornare attraverso un inimmaginabile giro con sbandati, soldati, deportati di ogni nazione europea.

Ma poi subito scrive. E lo fa «con furia e con metodo», quasi timoroso che anche uno solo dei ricordi possa andare dimenticato; ma senza sforzo, senza problemi letterari: «Come se i fatti trovassero da soli una via diretta dalla memoria alla carta», ma anche «con soddisfazione e sollievo profondi».

Arriva all'ultima pagina che si chiude con il ricordo di Charles «fiducioso amico», un maestro ebreo francese deportato e sopravvissuto: «... ci siamo scambiati lunghe lettere e spero di poterlo ritrovare un giorno». In quello stesso mese, forse nel medesimo giorno e con la medesima motivazione o spinta, finivo anch'io *Il sergente nella neve*: «... la voce della ragazza era piana e dolce in mezzo a quel rumore». Due ricordi di amicizia e di pace, di due che «... hanno tollerato la vista | Di Medusa, che non li ha impietriti».

Le cose della vita civile: l'amore, le stagioni, l'amicizia, i libri, le canzoni, il cibo, le montagne, sembrano riportare serenità. Il 3 gennaio del 1946, Primo scrive una poesia:

Ma quando poi cominciammo a cantare
Le nostre buone canzoni insensate
Allora avvenne che tutte le cose
Furono ancora com'erano state
Un giorno non fu che un giorno:
Sette fanno una settimana.
Cosa cattiva ci parve uccidere;
Morire, una cosa lontana.
...
Fummo di nuovo soltanto giovani:
Non martiri, non infami, non santi.

Ma appena sette giorni dopo scrive «Alzarsi»:

Sognavo nelle notti feroci
Sogni densi e violenti...
... Ora abbiamo ritrovato la casa,
Il nostro ventre è sazio,
Abbiamo finito di raccontare.
È tempo.
Presto udremo ancora
Il comando straniero:
«*Wstawac*».

No, una canzone ritrovata, una casa, un amico, una donna non furono, non saranno mai sufficienti a far ritornare le cose «ancora com'erano state». Ma ora ci sono quelle memorie che piú non bruciano dentro, che sono lí, scritte per Lucia e per gli amici. Sulla copertina del quaderno ha scritto con la sua calligrafia sottile *SE QUESTO È UN UOMO* e, dopo, sulla prima pagina:

Voi che vivete sicuri
Nelle vostre tiepide case,
Voi che trovate tornando a sera
Il cibo caldo e visi amici:
...

Quando, nel 1958, finalmente nelle edizioni Einaudi, lessi questi versi, subito, immediatamente, come fosse allora, ritrovai il rumore degli zoccoli sul terreno gelato, il vento freddo di febbraio, la sera, la fame, la stanchezza mortale, il silenzio dei compagni e, *al di là*, la luce delle finestre delle case polacche che ci faceva vedere le tendine e le tovaglie, i piatti sulla tavola, calore di stufe, bambini, donne.

Se questo è un uomo fu per Primo Levi una necessità morale, per noi suoi contemporanei è un dovere leggerlo. Ma, anche, è da far leggere alle nuove generazioni perché libro di vigilanza, di scotimento. Nella presentazione per l'edizione scolastica, Primo scrive: «Sarò felice se saprò che anche uno solo dei nuovi lettori avrà compreso quanto è rischiosa la strada che parte dal fanatismo nazionalistico e dalla rinuncia della ragione».

Appena chiuso il quaderno dopo l'impeto, lo sfogo e il sollievo della «liberazione interiore» per avere consegnato alla parola scritta la tremenda testimonianza, Primo sentí che gli restava ancora qualcosa da dire. E cosí, subito dopo, in quel gennaio del 1946 (di quella data è la poesia che apre la narrazione) sommariamente fissò nomi, volti, date, incontri di quello che avvenne dopo che a Buna-Monowitz apparvero i quattro soldati russi a cavallo, e con la carta geografica dell'Europa stesa davanti si mise a segnare città, ferrovie, fiumi, confini, montagne lungo l'interminabile e avventuroso viaggio della *Tregua*.

Queste note, queste carte geografiche, resteranno per qualche anno memoria sua, nella sua casa di corso Re Umberto. Primo Levi, anche se profondo conoscitore di Dante, non è un letterato: è un chimico. Era, si considerava, uno scrittore d'occasione. In una lettera del 1962, mentre stava rivedendo la stesura del suo secondo libro, cosí mi scriveva con estrema semplicità: «... non so se lei conosce il mio nome: sono come lei un non-letterato che ha visto delle cose e le ha scritte...» (da qui ebbe inizio la nostra fraterna amicizia).

L'anno dopo, nel marzo, uscí *La tregua* che lessi immediatamente con voracità. Poi rilessi, e ancora lessi, perché ritrovavo situazioni, luoghi, paesaggi che ben conoscevo; rivivevo con Primo la lunga strada del ritorno. Di tutto quello che allora, primavera 1963, mi accadeva attorno non m'importava niente di niente. Di importante c'era solo questo libro.

Ecco, cosí vorrei che il lettore di oggi *quasi* affrontasse *La tregua*: che si estraniasse dalla televisione, dallo stadio, dalle cronache lieti o tristi, dai suoi affanni e dai suoi interessi, e per qualche giorno, il tempo della lettura, s'immergesse in queste pagine: ritroverà la sintesi della storia che travolse l'Europa e il mondo concretizzata in un bambino che non sa parlare e che i deportati chiamano Hurbinek, «un figlio della morte, un figlio di Auschwitz» che non aveva mai visto un albero e di cui Primo scrive: «Nulla resta di lui: egli testimonia attraverso queste mie parole».

Nella tristezza un filo di speranza? Non so dare risposta; ma, ecco, nel medesimo tempo e nel medesimo luogo troviamo anche Thylle, un tedesco deportato politico sopravvissuto per dieci anni ad Auschwitz, che nella notte in cui arrivano i soldati russi a confermare che il Lager è stato liberato piange a dirotto e «dopo dieci anni di silenzio, con un filo di voce stridula, grottesco e solenne a un tempo, prese a cantare *L'internazionale*, lasciandomi turbato, diffidente e commosso».

Noi, che quei tempi li abbiamo vissuti e sofferti, e che abbiamo visto il volto di Medusa, ritroviamo nella *Tregua* di Levi un brandello della nostra vita piú intensa e piú preziosa, che oggi ci stupisce, ci emoziona ma anche ci esalta. Ci esalta con amara tristezza per quell'assurda libertà ritrovata, per quello zingaresco andare, per gli incontri inusitati, per i capovolgimenti imprevedibili; per le grandi mangiate e per i lunghi digiuni, per i forzati ozi e le giornate convulse, per la nostalgia provata: «*una sofferenza fragile e gentile*».

A una giovane signora che qualche giorno fa mi confessava di non riuscire a leggere un libro di Primo Levi, suggerivo d'iniziare dal capitolo «Il Greco» della *Tregua*. Questa è l'*Odissea* moderna, le dicevo, il libro del ritorno alla vita e del recupero dell'uomo dopo la discesa agli inferi; ed è anche un aspetto inquietante ma vero della condizione umana.

Questo per me, in primo luogo. Ma è anche qualcosa d'altro perché nessun autore di memorie ha saputo capire e descrivere con tale intensità e intelligenza quel «dopoguerra» del 1945, cosí pazzesco ed esaltante proprio in quei territori dove la follia della guerra scatenata da Hitler aveva cagionato le maggiori distruzioni e orride morti. Ma, anche, voglio aggiungere, Primo con poche pagine felici diventa scrittore come Gogol´ o Puškin là dove descrive con grande intuizione e trasporto caratteri e stati d'animo del popolo russo, e capisce e trasmette il paesaggio della pianura senza confini emersa dal caos.

Credo che tutti, alla fine di questa lettura o rilettura, siano presi da forte commozione; penso anche che Primo, in quella mattina dell'11 aprile 1987, sul pianerottolo davanti alla sua porta abbia sentito breve e sommessa la tremenda parola: «*Wstawac*».

Dopo le date della stesura di questo libro aveva messo una nota: «... Il sogno del Lager si dilata in un significato universale, è divenuto il simbolo della condizione umana stessa e s'identifica con la morte a cui nessuno si sottrae. Esistono remissioni, "tregue", come nella vita del campo l'inquieto riposo notturno; e la stessa vita umana è una tregua, una proroga; ma sono intervalli brevi, e presto interrotti dal "comando dell'alba" temuto ma non inatteso, dalla voce straniera che pure tutti intendono e obbediscono. Questa voce comanda, anzi invita, alla morte, ed è sommessa perché la morte, iscritta nella vita, è implicita nel destino umano, inevitabile, irresistibile; allo stesso modo nessuno avrebbe potuto pensare di opporsi al comando del risveglio, nelle gelide albe di Auschwitz».

Ciau Nuto

Valgiardini, 6 febbraio 2004

Ciau Nuto,

alpino del Tirano in Russia e poi partigiano sui tuoi monti nelle bande di Giustizia e Libertà. Se un'amicizia può avvenire attraverso i libri, questa avvenne nel 1947 quando un amico compaesano che era stato partigiano con te mi portò in regalo dal Piemonte *Mai tardi*, il tuo primo libro. Ora quel libretto cosí dimesso è diventato una rarità e non lo ritrovo piú; certamente lo diedi da leggere a qualche amico e non fece piú ritorno. Mi dispiace, ma mi è anche caro pensare che sia passato di mano in mano tra quelli che quassú erano stati partigiani e che poi, nella crisi del dopoguerra, sono emigrati portandoselo con loro.

Mai tardi come *Pietà l'è morta*, il titolo di una canzone inventata da te nelle veglie partigiane, erano modi di dire degli alpini della Tridentina, in uso tra noi, bassa forza, che poi tu, ufficiale in carriera, hai ben recepito e capito.

Insomma, lessi quel tuo primo libro e ripensai a quei *Ricordi della ritirata di Russia* che mi ero portato a casa dai Lager.

Di te, Nuto, avevo sentito parlare quando eravamo nei capisaldi sul Don. Un sergente del Tirano mi raccontava che dopo il nostro disgraziato combattimento del 1° settembre 1942, un tenente piemontese della 46ª andava nella terra di nessuno a raccogliere gli alpini morti del Vestone che noi non avevamo potuto seppellire. Poi seppi anche il tuo nome e che, arrivato al Tirano con la fama di duro, con i valtellinesi avevi cambiato rapporto: un duro al Tirano rischiava di prendersi una fucilata vagante. Avevi subito intuito che questi alpini della Tridentina, un po' selvaggi, un po' indisciplinati, e anarchici per natura, erano diversi dai tuoi piemontesi, e che per averli sottomano e ottenere fiducia e rispetto bisognava ben capirli.

«Pietà l'è morta!» gridavano quando la girava male nell'uno o nell'altro caso, ossia per loro o per gli altri. Ma tu, Nuto, di pietà ne hai avuta sempre tanta e sotto la tua rude scorza nascondevi sentimenti e affetti profondi; e dolore per le sofferenze degli uomini. La tua *pietas* veniva dal profondo e da lontano; era come se dentro di te si fossero risvegliate tutte le offese fatte all'umanità. Eri anche fortemente critico, ironico, a volte impietoso verso chi barava sulla vita e sui principî morali. Per questo avevi dedicato la tua intelligenza e la tua fatica ai piú umili, ai semplici, ai dimenticati.

Durante la ritirata dal Don avevi capito tutto quello che prima avevi intuito; come ad altri tutto apparve chiaro, e con la tua pelle, le tue ferite, il congelamento e le medaglie, avevi portato a casa anche due *pomaliot* russi e una *pistolmachine* tedesca.

Lassú a Paralup, con la tua banda tra Valle Stura e Valle Grana, dopo aver incontrato Livio e Alberto Bianco, nelle lunghe notti di neve avevi scritto sull'aria di *Bandiera nera*, la nostra triste canzone nata nell'inverno del 1941 sulle montagne dell'Albania, *Pietà l'è morta*, dove si racconta di un partigiano che, caduto per la giustizia e la libertà, incontra un alpino del Cervino caduto in Russia, e di un altro ragazzo che prende il suo posto nella banda: «... Combatte il partigiano la sua battaglia: | tedeschi e fascisti fuori d'Italia! || Tedeschi e fascisti, fuori d'Italia! | Gridiamo a tutta forza: Pietà l'è morta!»

Ma poi «inventi» anche *La badoglieide*. T'immagino in quelle grange fuori dal mondo, nell'inverno, in quei lunghi pomeriggi cosí presto bui, tra i compagni sdraiati sulla paglia, una parola uno una parola l'altro, tu che scrivi e aggiusti una rima e poi provate a cantare sull'aria di quella vecchia canzone popolare piemontese che anch'io cantavo ma che non saprei scrivere in dialetto con precisione: «O Badoglio, Pietro Badoglio | Ingrassato dal fascio littorio | ... || Se Benito ci ha rotto le tasche | Tu, Badoglio, ci hai rotto i coglioni; | Pei fascisti e pei vecchi cialtroni | In Italia piú posto non c'è».

Come trovo tue, Nuto, queste parole nate nella sofferenza e nella fatica ma con tanta speranza in una Italia libera e nuova, giusta. Se la campagna di Russia ti aveva insegnato come e cosa è la guerra, ma anche l'indignazione, Duccio Galimberti, che subito non avevi capito, era diventato il maestro che ti aveva trasmesso la dignità del vero patriota.

Chi era sopravvissuto alla campagna di Russia aveva portato una canzone che diventò popolare nella Resistenza. È *Katuscia*, la canzone d'amore delle Guardie di frontiera in Estremo Oriente, che, partita da lontano, con loro arrivò fino a Berlino. Noi, allora, avevamo cambiato le parole cosí: «*Nyma khliba, nyma kukuruzy* | *Nyma sala, nyma moloka* | ...», «Non c'è pane, non c'è granoturco | Non c'è lardo, non c'è latte | Il marito al fronte, quattro piccolini | Cosí non si può, cosí non va bene...» e finiva: «... Italiani fate i bravi, non rubate». Questa struggente canzone, sui monti con i partigiani diventò: «Fischia il vento, urla la bufera | scarpe rotte e pur bisogna andar...»

Che anni di grandi speranze furono quelli! Ma ora? Anche per questo avevate tristezza Primo e tu. Anche ad altri amici era capitato cosí e si erano allontanati dall'Italia non per colpe ma per delusione di libertà tanto sperata. È davvero difficile viverla, la libertà, in questa Italia al telecomando. Ma non devono e non possono essere inutili tutti quei morti che abbiamo lasciato dietro le spalle.

Cosí dopo la tua generosa rabbia dell'azione, il tuo operare per raddrizzare le cose storte, hai voluto anche testimoniare il mondo dei vinti e l'abbandono delle montagne dopo le falcidie delle guerre e la lotta partigiana; lo spopolamento di quel poco che ancora era rimasto: era dei poveri che volevi dire, dei vecchi abbandonati, dei coltivi ridiventati selvatici, di poche donne forti che ancora tentavano di resistere lassú, delle ultime lettere scritte dall'Albania e dalla Russia, dei rari che erano ritornati, malati nel corpo e nell'anima, che tu riuscivi a far parlare, ricordare. Tu raccontavi per loro e gli altri leggevano turbati. Ma poi? Chiudevano il libro e passavano ad altro.

Nel 1987 ci chiamarono a far parte della «Commissione Leopoli» e dopo la prima riunione capimmo subito come a Roma, nei saloni del Ministero della Difesa, fossimo fuori posto e invisi a politici e generali. Non parlavamo il loro linguaggio perché ben altre erano le nostre esperienze e le nostre considerazioni, e in tre, tu, Lucio Ceva e io, dopo piú riunioni non accettammo la loro relazione e ne scrivemmo una di «minoranza». Ebbene, ora, a distanza di tanti anni, ho saputo che a Leopoli hanno finito la loro vita gruppi di fanti della Acqui che erano sopravvissuti all'eccidio di Cefalonia e, molto probabilmente, anche la Compagnia di recupero che l'8 settembre si trovava in Ucraina. Nessuno di quei gruppi è ritornato in patria. Su tutto c'è ancora tanta nebbia.

Ma tu ormai eri stanco e la tua salute soffriva per le vecchie ferite e i congelamenti. Al telefono mi rispondevi quasi con entusiasmo ma la tua voce, dopo la morte di Anna, era diventata velata e commossa. Nei tuoi due ultimi libri, *Il disperso di Marburg* e *Il prete giusto*, avevi manifestato anche la tua anima: una storia individuale che si stacca per diventare *L'urlo* di Munch.

Nell'estate del 1942, in quel luogo della steppa che si chiama Bolšoi, un villaggio di cosacchi dove la terra e il cielo non hanno confini, eravamo vicini, e il battaglione dove prestavo servizio venne a sostituire il tuo nel combattimento del 1° settembre. Dopo tanto disastro, cosí il Comando dell'Armata scrisse a Roma per giustificare le inutili perdite: «... le perdite ingenti sono dovute all'eccessivo spirito combattivo delle truppe alpine, non ancora idonee a combattere in pianura».

Fummo vicini anche sul Don, a Belogore, dove, tra i tuoi alpini in linea, avevi trovato «il migliore convalescenziario» alle tue ferite del settembre. Lí, noi del Vestone che eravamo stati i piú provati, come riposo ci misero a intrecciare e posare graticci di giunchi sopra i camminamenti per proteggerli dalla neve, e a costruire reticolati davanti ai capisaldi. Poi in dicembre le cose cambiarono e nella sacca chissà quante volte, in quei giorni disperati, ci siamo passati accanto.

Ci ritrovammo a Cuneo e insieme andammo a Boves dove mi raccontasti del 22 settembre 1943 e del maggiore Peiper. Risalimmo il Vallone dell'Arma e passando in Val Grana mi raccontavi dei rastrellamenti e della grande soddisfazione che vi aveva dato vedere i krukki scappare davanti alle vostre raffiche.

– Sai, – mi dicevi, – l'esperienza mi ha insegnato che nella guerra partigiana è pericoloso scendere a valle. In montagna occorre tenere le creste, stare in alto e seguire i movimenti di chi ti cerca. Stare fermi, pronti e decisi. Alla fine vedrai che si ritirano.

Ricordammo anche la Russia, gente in gamba e no, gli errori, i massacri inutili; le buffonate che ci avevano predicato coloro che erano venuti dall'Italia per portarci l'ammirato saluto della patria e qualche mela. Quasi novantamila soldati italiani non erano ritornati a baita in quella primavera e nessuno ne aveva dato notizia.

Passando per i luoghi dove tu avevi combattuto con la tua banda e per i poveri villaggi quasi deserti dove avevi raccolto le testimonianze diventate pagine di libro, arrivammo su al Preit dove ancora viveva con le sue vacche l'ultimo abitante del villaggio. Era la fine di settembre e nevicava. Pierin d'el Preit stava con la zappa a levare le patate da un campo ai piedi di un roccione e ci venne incontro perché ti aveva riconosciuto. Ancora prima di salutarci, disse nel suo dialetto: – Cavo le patate perché se dovesse continuare a nevicare, sarò costretto a lasciarle sotto fino a primavera.

Ci fece entrare nella sua casa-stalla-fienile, tutta in pietra. Ravvivò il fuoco e volle offrirci qualcosa. Quando tu gli dicesti da dove venivo, subito mi parlò di una gara di sci allora famosa, la Valligiani, che ai suoi tempi aveva corso sulle mie montagne. Era il 1929 o il 1927? Anch'io ricordavo quella gara, anche se per la mia giovane età non l'avevo fatta. Era una gara a squadre, faticosa per dislivelli, riservata ai valligiani delle Alpi. Molto povere e rozze erano le attrezzature, poveri i concorrenti, poveri i premi, ma tanto l'entusiasmo per il campanile della valle che si rappresentava. Oggi una gara cosí, povera e faticosa, sarebbe irripetibile.

Pierin raccontava di allora, io ogni tanto intervenivo con dei nomi, tu ascoltavi meditando in silenzio sull'ingenuità di noi vecchi montanari. Nella stalla era appeso per le zampe e con la testa a penzoloni un bel camoscio maschio: – L'ho preso stamattina mentre nevicava, qui sopra in alto. Ho fatto fatica ma per un mese avrò carne, – mi disse Pierin quando si accorse della mia attenzione. Poi mangiammo assieme polenta dura e formaggio stagionato.

Questa era la nostra gente, quella della *Guerra dei poveri* e del *Mondo dei vinti*. Ora lassú al Preit non è rimasto piú nessuno.

Che ne sapevano di questa gente, che ne sanno quelli che ci governano? Ora lassú le montagne sono deserte e franano, anche le piccole chiese sono state rapinate dei loro poveri oggetti d'arte, già «arte povera» diventata mercato per i ricchi. Dalle case abbandonate hanno pure rubato i poverissimi oggetti per fare antiquariato. Nei cimiteri crescono le ortiche e sui monumenti ai caduti i nomi diventano illeggibili. Come sono diventate agre le nostre speranze.

Ciau Nuto; anche se ti hanno promosso generale nel Ruolo d'Onore, anche se ti hanno proclamato dottore honoris causa, per noi rimani sempre il tenente della 46ª del Tirano, il capobanda di Giustizia e Libertà, il marito di Anna, il padre di Marco; per noi della tua generazione sei stato il portavoce, il testimone, il Nuto che non ha mai ceduto in ragione e coscienza. Vai con Primo, con Duccio, con Dante, con gli ultimi e con tutti quelli che sono morti per combattere l'ingiustizia. Vai, vai per le montagne della libertà dove non ci sono confini.

Parte seconda

Il lepre nella neve

Questo freddo cristallino, che ha reso polverosa la neve dopo la mezza bufera dei giorni scorsi, ci dà la possibilità di fare una specie d'inventario degli animali che sono rimasti nella zona dopo una stagione di caccia. Guardando indietro e lontano nel tempo, si possono anche fare delle considerazioni, confronti, bilanci.

Quarant'anni e piú fa eravamo in pochi a camminare per le montagne e, quando veniva la neve, a seguire una traccia; era una sfida dura e faticosa alle avversità del clima, al terreno, ai guardacaccia. Anche perché si aveva poco nello stomaco e molto misero era l'equipaggiamento.

Con la neve era permesso cacciare i tetraonidi ma non i lepri, e tanto meno i caprioli che da sempre, dopo la caduta delle corna, dai primi di novembre, è doveroso rispettare. Ma sparare ai tetraonidi con il terreno innevato era quasi impossibile, perché il rumore degli scarponi chiodati sulla neve si dilatava nel grande silenzio e cosí, affacciandoti all'orlo di una conca, dove eri certo di trovare qualche gallo forcello, sentivi solo il rumore del volo prima di giungere a tiro; o, dall'alto di una roccia, vedevi l'ombra delle pernici bianche che s'involavano su un'altra montagna. Ma anche questo ti appagava.

Negli anni dell'immediato dopoguerra c'era anche fame e catturare un lepre poteva essere grande festa in famiglia. Anch'io, qualche volta, ho sfidato freddo e guardacaccia per seguire una traccia due o tre giorni dopo una bella nevicata. Come quella domenica di tanti anni fa, con un vecchio schioppo, tre cartucce, un pezzo di pane e una crosta di formaggio in tasca.

Avevo camminato dall'alba, con la neve alta fino ai ginocchi, e finalmente nel pieno splendore del sole avevo trovato la traccia giusta di un lepre bianco: vedevo i segni delle sue grosse zampe che dopo giravolte e qualche salto finalmente sparivano dove dei pini mughi fuoriuscivano tra sassi e neve. Era lí.

Controllai se lo schioppo aveva neve nella canna, le cartucce, armai il cane del percussore, studiai il piano di avvicinamento in maniera da poterlo raggiungere con il tiro, pensai anche a quali avrebbero potuto essere le sue vie di fuga. Ero già sicuro di metterlo dentro il vecchio zaino e mi avvicinai deciso e cauto, pregustando la felicità della domenica successiva, con polenta e lepre, attorno alla tavola con i figli piccoli.

Avanzavo nella neve alta con il dito sul grilletto e sentii chiamare il mio nome: laggiú c'era il guardacaccia che con il binocolo aveva seguito tutta la mia tattica e ora voleva prevenire un reato.

Misi lo schioppo in spalla, risposi al suo richiamo salutando; il lepre bianco uscí dal suo covo trotterellando per andare a cercarsene uno piú tranquillo.

Il guardacaccia e io ci camminammo incontro e lui disse tranquillo: – Hai visto che bel lepre bianco abbiamo mosso? Dài, fumiamoci un'alfa...

Cosí, allora. Oggi i cacciatori sono in tanti, i piú hanno fucili molto costosi, segugi di alta genealogia; vanno in bosco o sui campi vestiti e scarpati come ho visto nelle vetrine sulla Kärtner Strasse di Vienna, e per fare un chilometro usano i fuoristrada. Tutto questo per cacciare fagiani liberati dal pollaio la sera prima. Non saranno tutti cosí, ma una buona percentuale sí.

Questo pensavo stamattina camminando nel bosco prima di mettermi al tavolo di lavoro. Ma prima che arrivasse questa neve gelida e secca, avevo notato come sui pascoli del Guido la famiglia dei tassi avesse con gli unghioni scorticata la cotica per cercare larve e radici; ora tondi e grassi se la dormiranno profondamente nella tana che hanno scavato sotto un masso. Camminando avevo anche notato i resti di un fagiano che poche ore dopo essere stato liberato dagli pseudocacciatori era stato preso dalla volpe; e anche una gamba di capriolo, spolpata e ripulita.

Forse il capriolo, debilitato per età o malattia, era stato preda dei cani randagi, o delle volpi, o dei corvi. Anche questo fa parte della natura: gli erbivori mangiano l'erba, i carnivori mangiano gli erbivori. E l'uomo mangia vegetali ed erbivori; ma per fame anche i carnivori.

Camminavo nel bosco e mi era ancora viva e presente l'immagine di quei cinque galli forcelli che la settimana scorsa, nell'ultima mia escursione autunnale, avevo fatto volare da una montagna a me particolarmente cara perché salita per la prima volta sessant'anni or sono, e dove con i pastori e i malghesi avevo fatto la prima vacanza della mia vita nell'estate del 1953. Lí, in quell'anno, alla Croce del Diavolo, avevo ucciso un bellissimo gallo di monte di cui feci dono a Elio Vittorini.

Ora, da vent'anni, su quella montagna non si caccia piú e i selvatici si sono conservati numericamente com'erano un tempo e quanti il territorio ne può nutrire: pernici bianche in alto, forcelli dove ci sono mughi e larici, urogalli tra gli abeti e i larici; e poi sono ritornati i camosci sopra l'habitat dei caprioli. Mancano gli orsi, e in loro memoria c'è una roccia chiamata «L'Orsara». Ritorneranno? Sarà molto difficile perché troppe strade con tanto traffico non consentono spostamenti da dove ancora ci sono.

Andavo con questi pensieri e ogni tanto un po' di neve che scivolava dai rami mossi dagli scoiattoli mi penetrava tra coppa e collo; guardavo e seguivo le tracce di un fagiano scaltro e svelto che era sopravvissuto a ricerche di cani e spari di cacciatori; ma alle prime abbondanti nevicate, dimagrito e affamato, questo stesso fagiano sarà buona preda per le volpi che, numerose come mai in passato, sono le regine delle notti algide. Le loro tracce di adulte e di giovani (fanno scuola di caccia?) s'intersecavano con quelle del fagiano e di tre lepri che erano usciti sul pascolo nella notte di luna piena. Anche questi lepri sono stati bravi, svelti e accorti per sfuggire a segugi e a cacciatori per tutto l'autunno: meritano di sfuggire anche alle volpi e all'inverno. Spero di rivederli in primavera.

Una voce mi chiama da casa: «Non dovevi lavorare?» Già, avrei dovuto scrivere di una giornalista austriaca che faceva la corrispondente di guerra dal fronte del Carso e firmava con uno pseudonimo maschile. Invece mi è venuto da scrivere di montagne e di animali.

Caprioli d'inverno

Con il mese di gennaio l'inverno che si aspettava era arrivato. Da qualche anno non faceva cosí freddo: quel freddo secco e buono che riequilibra le stagioni.

Sulle nostre montagne, negli ultimi anni, si erano osservati dei fenomeni insoliti, specialmente nel campo degli insetti: in estate, dopo il tramonto, comparivano numerose limacce brune lunghe anche dieci centimetri, viscide e aggressive nei confronti delle verdure degli orti. A quanto ricordavo, non le avevo mai vedute e, siccome non uso insetticidi, oltre a schiacciarle, una buona difesa era cospargerle di sale: in pochi minuti si rinsecchivano e morivano.

Ma oltre alle limacce avevo notato zanzare, salamandre in numero eccessivo; a camminare tra l'erba secca dei piccoli acari cagionavano forte prurito alle gambe; a volte, nei boschi, ti pungeva un insetto che procurava prima un gonfiore doloroso e dopo una leggera ma duratura suppurazione. Anche le zecche, come mai era accaduto, tormentavano caprioli, vitelle, pecore e cani.

Il gelo era penetrato profondamente nel terreno, al punto che aveva ghiacciato l'acqua in quelle tubature che la fretta edilizia di questi anni non aveva posto a un metro e mezzo dentro il suolo, come da noi sempre si era fatto.

Il termometro, in qualche luogo che l'esperienza indicava particolare, era sceso a meno ventisei per piú giorni. Ma era pur bello, accesa la stufa di cotto, godere un giusto caldo leggendo o scrivendo. Anche se laggiú nel Golfo

Persico c'era quella brutta guerra che la televisione malamente ci faceva vedere.

Una sera sorpresi una volpe sotto la porta di casa. Ma la loro presenza era confermata numerosa dai segni che lasciavano sulla neve inseguendo i lepri, e dagli scavi che facevano nel ricercare un topo o una talpa.

Anche i caprioli si erano avvicinati alle case: le tracce di una madre con due piccoli dello scorso giugno dimostravano che erano arrivati fino alla staccionata dell'orto, e un giorno il mio vicino Ermanno Olmi, alzando gli occhi dal tavolo di lavoro, restò incantato nel vedere al di là della finestra un caprioletto che lo stava osservando.

Nel pomeriggio, camminando lungo l'antico sentiero del Rossbech, proprio dove c'è la pietra di confine tra la proprietà privata a pascolo e quella comunale a bosco, notai sul terreno numerosi ciuffi di pelo e qualche macchia di sangue: erano di capriolo.

Certamente era successo qualcosa: o era stato ucciso da un bracconiere ignorante (sí, ci sono anche bracconieri intelligenti e con una certa etica), o da cani abbandonati a se stessi, o dalle volpi. Ma era difficile risalire con precisione al fatto perché erano passati diversi giorni, e sotto gli alberi non c'era piú neve. Se era stato preso dalle volpi o dai cani era certamente un capriolo ammalato; se da un bracconiere con la balestra, arma precisa e micidiale perché silenziosa, doveva essere accaduto nel plenilunio dei primi cinque giorni di gennaio; se con il fucile, la notte di Capodanno per confondere il rumore con lo scoppio dei mortaretti e dei fuochi artificiali.

Il gran freddo, lo sapete, continuò per un paio di settimane. Poi, a febbraio, vennero le nevicate. Una bella neve secca e asciutta che scivolava come polvere lucente dai rami degli alberi, e il bosco era come nelle favole. Mettevo qualche pezzetto di pane secco per gli scoiattoli, e pure qualcosa sulla catasta della legna per le cince e per una coppia di cardellini che, chissà per quale ragione, si era fermata qui.

Fu con queste grandi nevicate che i caprioli vennero proprio a ridosso delle case e un pomeriggio ne vedemmo due nel giardino di un piccolo condominio, ora disabitato, qui nella contrada. Erano due giovani maschietti dello scorso anno, gemelli e certamente orfani, perché non erano accompagnati dalla madre. Uno era normalmente sviluppato, ma l'altro, come sovente capita, era piccolo e piuttosto esile sulle lunghe gambe. Stavano mangiando un po' di fieno agostano che un amico cacciatore era riuscito a mettere per loro sotto una tuia. Se mangiavano cosí del fieno toccato dalla mano dell'uomo, voleva dire che erano proprio affamati! E a questo punto mi venne da pensare che quel sangue e quel pelo, che avevo visto a gennaio sul sentiero, erano della loro madre.

Uno dei due, il piú gracile, si era alla fine sdraiato a ruminare sul nettapiedi posto davanti alla porta della casa. L'altro, il piú maturo, era invece attento a quanto vedeva attorno: una madre con la carrozzina, la mia cagna al guinzaglio, un gruppetto di ragazzi che giocavano a hockey su uno stagno ghiacciato che avevano ripulito dalla neve.

Poi passò una grossa automobile: il capriolo piú forte saltò l'argine di neve e si ritrovò sulla strada. Quell'insulso che guidava la macchina invece di fermarsi suonò e accelerò.

Il capriolo, impazzito, si diede a correre lungo la strada senza poter saltare a lato perché glielo impediva la neve ammucchiata dallo spartineve. E noi a cercare con segni e con voce di attirare l'attenzione, per far rallentare quell'incosciente. Niente: accelerava sempre piú e io speravo che almeno gli slittassero le ruote e che andasse a piantare il muso contro la neve. Continuò cosí per mezzo chilometro finché, finalmente, il capriolo, alla prima curva dove il bosco si avvicina alla strada, riuscí con un balzo a salvarsi sparendo tra gli alberi.

La mattina dopo il capriolo piú gracile, che era rimasto solo, venne a trovarsi nei pressi della mia casa; anzi, la notte l'aveva passata a ridosso della legnaia dov'era piú riparato. Durante il giorno si spostò verso la casa di Olmi dove gli fecero trovare della verdura di scarto che avidamente mangiò. Era goloso di bucce di mela. Una mattina dalla finestra della mia camera lo vidi sdraiato a ruminare di fianco alle arnie, dove avevo spalato la neve. Una notte dormí sotto le finestre della camera di mio figlio e quel mattino mangiò i fiori appassiti dai rami di forsythia che mia moglie aveva messo lí la sera prima.

Per alcuni giorni non lo vedemmo, ma ormai il grande freddo era passato; sotto il bosco, nei posti piú solivi e per il forte aumento della temperatura, la neve era andata via. Il piccolo si è salvato, pensavo. E invece non fu cosí perché l'altro giorno, a meno di cinquanta metri da casa, dove avevo visto la neve sporca di sangue, ho trovato un ciuffo di pelo con attaccato un lembo di pelle, e piú avanti, sotto un abete, ancora dell'altro pelo. Con molta probabilità saranno state le volpi affamate: è legge di natura, da sempre il carnivoro mangia l'erbivoro.

Il 21 di marzo

Al 21 di marzo le rondini non erano ancora arrivate e nel bosco la neve resisteva tenace; unico segnale di primavera era la fioritura delle eriche ai bordi della foresta che rifletteva il calore del sole, e da lí le api raccoglievano il primo nettare della stagione.

Quel giorno, il primo di questa primavera 1999, uguale per luce in ogni punto della Terra, con il piccone ruppi il ghiaccio che la neve caduta dal tetto nel corso dell'inverno aveva formato a ovest della casa: un lavoro davvero piacevole, che facevo anche da ragazzo per liberare dall'inverno gli spazi di terreno riservati ai nostri giochi. Ormai eravamo stanchi di sci, slitte, pattini, castelli fatti con la neve, e per i giochi di primavera ci toglievamo finalmente guanti e berretti di lana. Le bambine, poi, rifiorivano come i crochi sui prati. Alla sera ci addormentavamo cercando il fresco delle lenzuola e non il tepore dello scaldaletto. Il sonno durava dodici ore consecutive. Ah! come vorrei una notte di sonno come quelle di quand'ero ragazzo! Ora, nel profondo della notte ascolto gli aerei di guerra che passano come ansimando sopra le nostre case.

Nei pomeriggi d'aprile il fratello del nonno, ritornato da poco dall'America dove per trent'anni aveva vissuto vicino agli indiani, mi faceva interrompere i giochi per andare a dissodare l'orto che era stato del bisavolo materno e che gramigna e ortiche avevano reso selvatico. «La gramigna è un'erba cattiva. È scritto anche nella Bibbia. Le ortiche lo sa cosa sono quel tedesco che ci si era accucciato sopra per cagare»: cosí diceva.

Quando anche nel sottobosco era sparita la neve, e restava solo qualche macchia nelle trincee della Grande Guerra, allora ci arrampicavamo sugli alberi d'abete che le bombe avevano ferito, per raccogliere le lacrime di resina che colavano dal tronco colpito. Noi la chiamavamo *pech* e sostituiva l'attuale gomma americana. Dopo averla raccolta la facevamo sciogliere su un piccolo focherello per spurgarla dai residui di corteccia e poi la colavamo in quelle coppe di latta che in grande abbondanza si trovavano dov'erano state piazzate le batterie dell'artiglieria da montagna: queste coppe coniche erano a protezione del proiettile e venivano levate prima dello sparo. La nostra resina, di un bel colore roseo, masticata diventava morbida e – ci dicevano i vecchi – puliva i denti e la bocca, disinfettava le vie respiratorie e, persino, teneva lontana la tubercolosi. Era anche amara e faceva crescere l'appetito. Mia madre mi aveva raccontato che una primavera del secolo scorso la facevano masticare anche a una nobile ragazza di Casa d'Austria che era venuta qui per risanarsi dopo un ballo di Corte.

Ma era decisamente il primo canto del cuculo che ci assicurava la primavera, e noi si tendeva l'orecchio verso il bosco, a gara. Quasi sempre erano i ragazzi del Balt: quei loro boschi sono al solivo! L'anglista Sergio Perosa ha tradotto un'antica canzone medievale, la prima non in anglosassone, che dice: «Adesso canta, cuculo; canta, cuculo! | Canta! cuculo; adesso canta, cuculo! | ... Canta forte, cuculo! | Germoglia il seme e fiorisce il prato, | Ed ora il bosco si ricopre di foglie. | Canta, cuculo!»

Ci sono tante canzoni che riproducono in versi il canto del cuculo; ma anche molti musicisti hanno messo quelle due note in belle composizioni. Noi non cantori, non poeti, non musicisti si esclamava semplicemente: «*Benne der kuk kuket* | *Plühnt der balt*»: «Quando il cuculo canta |

fiorisce il bosco». La tradizione dice che è sempre puntuale per il 25 aprile, festa di San Marco e ora anche della Liberazione; in questa data ricordo di averlo sempre sentito, qui. Quest'anno però mi è capitato di ascoltarlo ben una settimana prima. Nel bosco c'era ancora la neve quella sera; dopo essere stato rinchiuso tutto il giorno a passare pagine anche inutili, avevo deciso, prima di cenare, di fare una breve passeggiata. Il cielo era uniformemente coperto da nubi gonfie e bianche che coprivano anche le montagne alte. Incominciò a nevicare: fu allora che lo sentii; e pensai: «Lo sentiranno cantare anche nei boschi del Kosovo?» Mi meravigliai nel ricordare che in guerra, in quelle primavere, non l'avevo mai sentito. Ma lui c'era senz'altro: è che in guerra queste cose è molto difficile notarle.

Insomma, venne anche il tempo di preparare l'orto per le semine; di raccogliere attorno a casa i ramoscelli e gli strobili che l'inverno aveva fatto cadere dagli alberi; di levare i paletti che avevo messo ai margini della strada per indicare il percorso allo spartineve. Ma anche di controllare sulle radure meno chiare dentro il bosco le tracce degli animali qui intorno.

Sono quattro i caprioli che hanno deciso di restare in questo territorio: un maschio, una femmina adulta, una piú giovane e un piccolo che compirà un anno tra un mese. Pure un cervo è passato di qua. Le lepri sopravvissute ai segugi sono almeno tre; sono anche ricomparsi gli scoiattoli. Le volpi sono sempre troppe; anche il tasso si è risvegliato ed è venuto a rovistare nel prato del mio vicino per mangiare le larve. Le cornacchie da quindici giorni hanno fatto coppia; ma a vivacizzare le adiacenze sono state le cince dal ciuffo in amore: si rincorrevano tra alberi e cespugli. Ora si sono acquetate e la femmina se ne sta giorno e notte a covare le uova dentro la cassetta-nido ricoperta da licheni, fissata sul tronco di un faggio. Sarà festoso quel giorno, quando vedremo svolazzare dall'apertura la numerosa e vivace nidiata.

Intanto sono finiti anche i crauti; ho quindi lavato il mastello di legno, l'ho risciacquato con l'acqua piovana e riposto in cantina capovolto, pronto per il prossimo autunno. Anche la scorta di legna secca è quasi finita: l'inverno, pure se non molto freddo, è stato lungo e per tutto aprile abbiamo acceso la stufa. Cosí nello spazio rimasto libero in legnaia ho riposto la scorta che dall'anno scorso era attorno alla casa lungo il muro, e in quello stesso posto ho accatastato quella fresca di bosco che bruceremo nell'inverno del 2001-2002. Questa della legna è una passione che ho ereditato da mio nonno e da mio padre: loro sempre volevano un fuoco allegro sul focolare. Cosí in primavera ci prepariamo anche per l'inverno che verrà; se poi non ci saremo, o saremo chissà dove, poiché il futuro siede sulle ginocchia di Giove, saranno gli altri a godere della nostra previdenza. Guai se non fosse stato cosí anche per noi in certi momenti della vita!

La primavera ci sorprende sempre con la fioritura di una genziana o con il canto di un tordo, con un profumato fungo di San Giorgio, con un lepre sul pascolo. Mi ero alzato dal tavolo per guardare verso il bosco a nord: la piccola capriola era sotto la finestra a brucare l'erba nuova: annusava, sceglieva con cura il boccone da strappare; ogni tanto alzava la testa. La vedevo un poco gracilina: le sarà stato duro l'inverno. Ora si riprenderà in fretta: l'erba fresca, i germogli, l'aria tiepida e il dolce sonno la rimetteranno presto in forze: la prossima primavera la troverà pronta per l'amore. Guardavo cosí la piccola e non mi ero accorto del bel maschio seminascosto tra gli alberi: lo vidi sbucare tra le fronde di un peccio: portava alta la testa e il trofeo delle sue corna era nuovo, altero e ben formato. Uscí sul prato al margine del bosco fiutando l'aria e guardandosi attorno; mosse qualche passo come danzando, tanto era elegante e perfetto nei movimenti. Non si curava della piccola ma dello spazio che aveva intorno. Chinò il collo per mangiare qualche ciuffo d'erba e scomparve nel bosco.

Questa mattina le betulle e i faggi hanno le foglie nuove: è stata la pioggia di questa notte. Il cuculo canta forte ed è venuto a posarsi su un palo qui vicino: «Bela la pecora per il suo agnello, | Mugge la mucca per il vitello, | Balza torello, il daino ripara nel bosco, | Modula il canto, cuculo! | Cuculo, cuculo, | Come canti bene, cuculo: | Ed ora non cessare piú!»

Ma perché nel Kosovo c'è la guerra?

Giugno d'amori

Le sere di febbraio si passano in casa a guardare il fuoco e ad aspettare la primavera, ma queste sere di giugno dal lungo crepuscolo sono belle da godere camminando per le strade e i sentieri lontano dalle case. Non ci sono ancora villeggianti e turisti, cercatori di funghi, cacciatori; i boscaioli contadini sono stanchi per la lunga giornata di lavoro, gli altri sono seduti davanti alla televisione o in discoteca. Cosí, dopo le uscite primaverili delle motociclette che fanno fuggire nel folto i caprioli che bramano l'erba novella ai bordi del bosco, in queste sere puoi camminare in altro tempo. In altri tempi da collocare nel tuo vissuto o nel vivendo che puoi scegliere.

In queste passeggiate, per non distogliere il vagabondare della mente e del corpo, non voglio per compagna nemmeno Ambra, la mia cagna spinona. Questo o quel sentiero? Uno vale l'altro, ognuno e qualsiasi può richiamarmi una storia o riservarmi una sorpresa. Al bivio prendo la strada che scende dolcemente per la valle o quella che sale diritta verso il monte sul dosso della morena? Qui, da ragazzi, ci conducevano in primavera per la Festa degli Alberi; il bosco era stato distrutto dalla guerra, ora è alto e fitto d'abeti. Pane e formaggio, una gazzosa in tre, una canzone in tutti ed eravamo felici. Quanti ragazzi eravamo!

Negli anni dopo la Prima guerra mondiale, ogni sabato, durante i cento giorni dell'alpeggio salivo per questa strada con mio padre. Lassú, dove la valle si restringe, mi lasciava solo sul calesse, dopo aver infilato sul muso del cavallo il sacchetto della biada. Quindi lui saliva alla malga di Monte Zebio e dopo un paio d'ore ritornava con il burro prodotto nella settimana. Per me erano due ore di silenzio profondo, ovvero silenzio di rumori causati dall'uomo; d'isolamento, e anche di misterioso stupore.

Erano suoni precisi quelli dei denti del cavallo che frangevano la biada, il battere sui tronchi del picchio nero che cercava le larve, il richiamo dei ciuffolotti sugli apici degli abeti, il frusciare del vento che scendeva dalle montagne piú alte. Erano anche mostri fantastici le ombre che le grandi nubi estive proiettavano sulle rocce che si ergevano cupe sopra il bosco, dall'altra parte della valle.

Quando la luce del sole scemava perché lui se n'era andato dietro l'alta costa del monte e tutto era in ombra, temevo di veder apparire la lunga fila dei soldati morti in guerra, che da nord a sud attraversavano silenziosi le montagne, come avevo sentito raccontare una sera da uno sconosciuto che li aveva visti.

Il vento del tramonto muoveva i rami dell'abete bianco dove mio padre sempre fermava il cavallo e io, sdraiato sul fondo del calesse per proteggermi dagli spiriti della montagna, guardavo il cielo che s'incupiva e le prime stelle. Finalmente sentivo la sua voce: «Ei bocia, son qua», e il suo passo sicuro avvicinarsi sul sentiero che scendeva ripido verso la strada.

Se invece al tornante lascio la strada e proseguo per la mulattiera, dove da bambino con il nonno raccolsi un verdone con l'ala spezzata, arrivo in un prato fiorito di gigli rossi e di bottoni d'oro con ai margini il rudere di una stalla: proprio qui il vecchio Tönle, che non voleva abbandonare la nostra contrada, venne portato dai soldati austriaci nel 1916.

Ogni luogo della Terra una vicenda. Un fatto che ci lega al passato: la storia letta nelle cose. Qui, poi, dove si sono vissuti tanti dolori e tante fatiche, ogni piega del terreno, ogni sasso, ogni piccola sorgente hanno da raccontarmi qualcosa. Ma a chi, oggi, può interessare questo? Questa piccola croce di ferro che ricorda una giovane sposa uccisa dal fulmine molti, molti anni fa?

Come sono lontani i rumori del mondo ora che scende la sera. La lunga, dolce sera di giugno riporta anche i volti delle persone amate. Un tordo ancora innamorato canta nel bosco del Trocknotto, un cuculo canta in Val di Nos. Un merlo saluta la sera, o il sole che se n'è andato via dietro il Verena? E un fringuello stanco della lunga giornata si appollaia fra i rami di un acero.

Scendo verso la mia casa che vedo laggiú dopo il bosco, ma prima mi siedo ancora al bordo della strada ad aspettare i caprioli. Li sento dentro il folto; il piccolo che è nato da pochi giorni chiama la madre e la madre gli risponde come per rassicurarlo: son qui, non temere, non ti abbandono.

Con una foglia di graminacea stretta e tesa tra i pollici e le mani raccolte a conchiglia, soffiando, ripeto il richiamo del piccolo con la speranza di vedere uscire la madre nella mia direzione. Aspetto immobile e in silenzio. Mi risponde. La immagino con le orecchie tese, sospettosa a fiutare l'aria. Ma il mio odore non dovrebbe giungerle.

L'idillio è interrotto da un grido. È di un ragazzo che sale per la strada con passo lesto e nervoso, quasi fosse preso dalla paura. Con gesto di dispetto gli faccio cenno di stare zitto, di non gridare cosí: ma ormai non serve piú, perché certamente i due caprioli si sono ritirati dentro il bosco. Il ragazzo mi si avvicina affannato; non è di qui, non lo conosco. Mi chiede dov'è la Casa dei Frati; gli spiego che è dietro il dosso. Avevo visto che lí in questi giorni avevano condotto dei minorati dalla città, forse è un parente.

Il ragazzo si allontana di corsa, affannosamente dice: – Non vedo l'ora di arrivarci, – ma fatte poche decine di metri si rimette al passo e si guarda attorno dubbioso. Con la mano gli faccio cenno d'andare. Ora dovrei aspettare troppo per rivedere i caprioli al pascolo; la luce del lungo crepuscolo si confonde con quella della luna che tra poco sorgerà; la notte sarà molto breve e tra poche ore il canto delle cince mi darà la sveglia.

Intanto un'automobile rossa sale per la strada, quando mi è vicina rallenta e poi, dubbiosa, si ferma. Sono una coppia, il finestrino si abbassa e una donna mi chiede se ho visto passare un ragazzo in jeans e maglietta. Spiego com'era e dove voleva andare. È il loro figlio scappato da casa, che in corriera e a piedi è arrivato fin qui. No, non è stato bocciato a scuola, rispondono alla mia curiosità, è per una ragazza di cui si è innamorato che è scappato. Lei è qui ad assistere i minorati. I loro visi ora si rischiarano e l'automobile riparte grattando con le ruote i sassi della strada. Nelle sere di giugno accadono anche queste cose.

Ferragosto in soffitta

In una di queste mattine estive, rientrato dalla mia solita passeggiata nel bosco con Ambra a cinghia lunga, dopo aver incontrato un frate in meditazione e due ragazzi con lo zaino in spalla, mi sono messo al tavolo per rivedere un lavoro.

A un certo punto avevo necessità di confrontare dei dati che si trovavano in una relazione che sapevo d'aver riposto in soffitta. Mi misi a cercarla tra scatoloni di libri, pile di riviste, pacchi di manoscritti (non miei), vecchi sci e altri oggetti accumulati lí nel tempo.

Dopo aver rovistato inutilmente per un po', mi resi conto che era inutile continuare cosí a caso, e allora, ritornato al mio tavolo, richiusa questa penna e riuniti i fogli, mi decisi a riordinare la soffitta.

«In un paio d'ore me la cavo», mi dissi; e invece fu un viaggio che durò sette giorni, interrotto solo dai pasti o da qualche amico in visita. Incominciai coi libri; sono cinque i luoghi della casa dove li tengo; ormai sono tanti, indispensabili o che fanno solo peso: comperati, donati, avuti per recensione, scolastici miei (pochi) o dei figli.

Sposta, riponi, dividi: poesia, saggistica, letteratura, storia locale, natura, montagna, guerre, alpinismo, botanica, arte figurativa; alti che bisogna spostare il piano degli scaffali, piccoli che occorre abbassarlo. «Sarebbe ora di fare uno schedario», mi dicevo. Ma dove lo trovo il tempo? Intanto su quasi ogni libro mi soffermavo e sbirciavo tra le pagine come per carpire un segreto: soprattutto su quelli vecchi, quelli comperati quand'ero ragazzo, perché lí non era solo il libro a raccontarmi qualcosa, ma anche il prezzo e la storia di quel libro come oggetto.

Come questo vocabolario latino: *Il Rigutini*, diciassettesima ristampa del 1924, che è servito a tre generazioni. È ancora in buono stato, con l'ape e la rosa sulla rilegatura robusta e il prezzo segnato *Lire 30,00* (alto per quei tempi!) Lo apro alla voce *Feriae* dove leggo che oltre a «Giorni festivi» vuol dire anche «Pace, Tranquillità pubblica» (Orazio, *Carm.* 4, 5, 37).

Un volumetto del 1938-XVI, dal prezzo di lire una, ha per titolo: *I grandi italiani del Medioevo – per la classe IV Elementare*, Tipografia Editrice La Scuola (G. Montini) Brescia. Incomincia con san Benedetto da Norcia e finisce con Leonardo, ma a metà troviamo anche Federico di Svevia detto il Barbarossa. Trovo scritto che «per l'invenzione della stampa si diffusero i libri che prima erano rarissimi. Cosí poterono istruirsi anche quelli che non erano molto ricchi». Ripongo il libretto in un altro scaffale e penso: «Ma i ricchi erano poi istruiti?»

Ritrovo a un certo punto i libretti della Biblioteca Universale Sonzogno, costavano centesimi trenta, sessanta il volumetto doppio; hanno ancora una bella stampa su carta buona. Questi li aveva comperati mia madre quando era profuga in Emilia nel 1916; ma se capisco l'acquisto delle novelle del Tolstoj, non mi spiego quello del *Discorso sul metodo* di Descartes o dei *Poemetti in prosa* di Baudelaire.

I volumetti delle Edizioni Delta, collana Scrittori italiani e stranieri, editi negli anni Trenta, costavano invece due lire, e questi li avevo trovati nel dopoguerra sgomberando una soffitta di parenti. *La voce sotterranea* di Dostoevskij, con un saggio biografico di Stefan Zweig, seconda edizione, del febbraio 1929, è dal 20° al 40° migliaio!

Una certa commozione ho provato nel ritrovarmi tra le mani due libri gualciti delle Edizioni Bairon, con dietro scritto a penna: alpino Mario Rigoni Stern. Erano, sono, l'*Orlando Furioso* e l'*Iliade*, comperati in una libreria di Aosta con la paga del soldato prima dell'entrata in guerra; quattro lire e venti, costavano, perché con determinazione del Ministero delle Corporazioni, in data 25 febbraio 1940, i libri erano stati aumentati del 5 per cento. Forse nello zaino pesavano troppo, e per questo li avevo lasciati a casa dopo la battaglia di Francia.

Anche se sapevo che non c'era, ma come sperando in un miracolo, nella soffitta, tra questi vecchi libri, cercavo il mio primo: *I racconti delle fate* di Perrault, dono della Befana della nonna in quel lontano e freddo inverno del 1929. Dove sarà finito?

Non mi accorgo delle ore che passano perché il mio viaggio in soffitta continua intenso e quasi frenetico; vorrei rileggere tutto, anche le riviste e i ritagli di giornale che per qualche motivo avevo messo da parte. Per quale ragione avrò tenuto questa annata di «L'Alpino» del 1950? E queste riviste tedesche del 1890 che strada avranno fatto per arrivare qui? «Uber Land und Meer», sopra terra e mare, in caratteri gotici, con bellissime illustrazioni in bianco e nero e a colori: «Deutsche Illustrierte Zeitung», Stuttgart-Leipzig-Berlin-Wien, Deutsche Verlags-Anstalt.

Romanzi, racconti, storie di re e regine. Forse un inverno troverò il tempo per sfogliarle e leggerle; un mondo di cent'anni da confrontare con oggi, dai paesaggi ai costumi, dalla pubblicità alla politica.

Nel numero 67 di «Uber Land» dell'ottobre 1891, nelle pagine pubblicitarie leggo: «ITAL. GEIGEN! 4 Guarnerius, 1 Bergonzi, 2 Amati, 20 ital. Geigen, 1 Guarnerius Cello...» e li mettevano in vendita, assieme ad altri «eccellenti strumenti musicali italiani» i signori Gebrüder Wolf di Kreuznach. Per un annuncio del genere, apparso tra la pubblicità di lampade a petrolio, locomotive, lozioni, orologi, oggi i maggiori violinisti, dai fratelli Wolf, volerebbero in aereo.

Per una settimana ho viaggiato nella soffitta tra queste cose, e vi assicuro che non mi sono annoiato. Ho trovato persino una vecchia Carta Annonaria del 1944 «per zucchero, grassi e saponi per normali consumatori», senza piú buoni, naturalmente, ma con le *Avvertenze* che valgono un racconto. E anche una scatola di legno che aveva contenuto bottiglie di grappa e ora contiene le mie vecchie pipe: una chioggiotta in creta, una tirolese in ceramica, una varesina in radica di Calabria e persino una che mi aveva fatto un figlio, ricavandola da una radice di roseto e con la cannuccia di marasca. E tabacco da fiuto che mi aveva portato da Londra un amico, vecchi sigari toscani che regalerò a Mario Soldati alla prima occasione.

Ancora: su un ripiano di legno pezzuole di lana per pulire i fucili, targhe, una lampada da tavolo comperata con i primi diritti d'autore, mazzi di fiori secchi. In una custodia di cartone tante carte geografiche e topografiche: da quelle usate da mio padre nella Prima guerra mondiale a quelle piú recenti di montagne e di nazioni.

Nell'angolo piú lontano, vicino alla finestretta, scatoloni con la corrispondenza ricevuta dai lettori; la prima lettera è di un lettore di Napoli, aprile 1953, le ultime sono ancora qui sul tavolo.

Libri, riviste, giornali, oggetti, lettere, silenzio: che gran viaggio ho fatto nella soffitta, ora che i rifugi alpini sono pieni come un uovo e sulle spiagge colano creme solari e sudori.

Il cane che vidi piangere

Il cane che vidi piangere di commozione e d'affetto una dozzina d'anni fa, quando stavo per lasciare questo mondo, è sepolto nel bosco dietro casa: sopra gli cresce un albero di sambuco, e ora che le bacche sono mature i tordi e le pispole svolazzano tra i rami per beccare nei rossi grappoli.

Fu un grande cane anche se di singolare carattere, e con lui camminai per stagioni boschi e monti, cosí che il suo ricordo è legato ai giorni di settembre, tra i mughi alla ricerca dei galli forcelli, e alle distese e placide ore d'ottobre, sull'usta delle beccacce nei boschi di faggi e di abeti grondanti gemme d'acqua.

Lo seppellii un giorno di fine novembre, il terreno era gelato e duro in attesa della neve, e non volli nessuno ad aiutarmi. Gli rotolai sopra una pietra muschiata.

Dove avrei trovato ancora un cane simile? Cosí forte anche sul piú aspro terreno, e nella neve; cosí sicuro sulla traccia del selvatico: nella ricerca e nella ferma; e cosí affezionato, anche: tanto che i familiari dicevano: – Non sappiamo se è Cimbro che assomiglia a te o se sei tu che assomigli a Cimbro!

Aveva un singolare carattere, certo, a volte estroso e strambo, e quando gli veniva il ghiribizzo non c'era voce di padrone a farlo desistere; era lui che decideva dove andare, o di andarsene quando ne aveva voglia. Anche a recuperare la selvaggina era bravo, anzi bravissimo, ma a dartela in mano... Non valevano in questo lezioni e pazienza; rimase memorabile quel pomeriggio che mi riportò un lepre e c'era altra gente a guardare: non apriva la bocca nemmeno a sfregargli una salsiccia sul naso.

Ma non ombriamo il suo ricordo con i piccoli o grossi difetti. Chi non ne ha? E come potevo io sostituire un amico simile? Lui, che negli inverni di tanta neve lasciava beccare il suo cibo agli uccelli affamati e che alla notte li ospitava nella sua cuccia tenendoli al caldo tra le zampe e il petto. E che quando mi sentiva d'umore triste veniva a strusciarsi sulle mie gambe?

Pensavo: Cimbro è morto e riposa per sempre sotto l'albero di sambuco, la mia barba s'imbianca, le gambe non sono piú scattanti su per le erte dei monti, dei miei figli nessuno è cacciatore; in questi ultimi anni, poi, su questioni di caccia ho visto e letto prepotenze, villanie, offese. A che vale ancora cacciare se un malinteso benessere porta a *consumare* anche la caccia?

Intanto scrivevo anche racconti di caccia, intervenivo pubblicamente contro il referendum, partecipavo a convegni, leggevo i racconti di Tolstoj e di Turgenev. Ma la mia, purtroppo, restava una caccia da «letterato»; sentivo che qualcosa mi mancava, e dentro avevo un che d'amaro e malinconico. Ricordavo sovente gli anni dell'immediato dopoguerra, quando andando a caccia per la montagna alla ricerca di un urogallo mi salvai dalla disperazione del Lager.

Passò una stagione, rinnovai la licenza ma non sparai nemmeno un colpo, perché mi mancava un cane. Un cane mio, come Cimbro, e nel mio territorio; cosí quel giorno che vidi abbattere due beccacce fu come se mi avessero rubato qualcosa di molto amato.

Decisi in quel momento di avere un altro cane. Sarà il mio ultimo, pensavo, perché dopo, sí, toccherà anche a me aspettare la morte. Di notte lo sognavo: non dovrà essere veloce o incline ad allontanarsi troppo perché non ho piú la gamba svelta; dovrà essere docile ai desideri e anche capirmi nel pensiero; di naso fine e cercatore paziente; e non cane da fagiani o da quaglie d'allevamento. Se per me è passato il tempo delle coturnici e, forse, delle pernici bianche, a galli forcelli vado ancora un paio di volte all'anno; e sempre mi rimane il bosco delle beccacce. Dovrà anche essere un cane affettuoso e amico, da tenere d'inverno vicino al tavolo dove scrivo, non farà domande e non sbircerà tra le carte.

Ripensavo ai cani che avevo conosciuto nella mia infanzia: al vecchissimo Bull, un setter gordon che quando non era in caccia stava sempre sdraiato in un angolo della piazza del paese a guardare i nostri giochi; alla Lea del barbiere che ci tosava a zero; alla Dolly del falegname; all'Alba del fattorino; al Reno dell'impiegato di banca; al Rol del veterinario. Nei ricordi dell'infanzia cercavo un cane per la mia vecchiaia, per far ancora abitare la cuccia di Cimbro.

Degli amici trentini, grandi e rigorosi cacciatori e gentili uomini, mi offersero un cucciolo che sarebbe nato da una delle loro coppie di setter inglesi. Ma la cosa andò male: la cagna abortí, forse a causa delle iniezioni antirabbiche. Ma io avevo pazienza e aspettai il secondo parto. Nacque la seconda cucciolata e non mi dissero niente per non illudermi, e dopo non furono loro ma un amico comune a dirmi che anche questa era andata male.

Incominciai allora a leggere gli annunci pubblicitari dei canili, a interessarmi, a chiedere, a telefonare. Non volevo un cane qualsiasi, ma un cane per i miei ultimi anni di caccia, non da gare ma da montagna; cacciatore da generazioni, non da salotto; e cucciolo da far crescere e camminare con me per i miei boschi e i miei monti. Per avere il dono di qualche gallo forcello e di qualche beccaccia.

Avevo deciso per uno spinone, come il mio primo del dopoguerra che discendeva dal Rol del veterinario amico di mio nonno; come Cimbro (anche se spinone puro non era). Ma non desideravo quegli spinoni degeneri, grossi e massicci con il muso corto e il passo pesante, come purtroppo se ne vedono, che assomigliano piú a un montone che a un cane da caccia.

Un giorno un amico mi telefona: – Forse a Roma, o nei dintorni, c'è il cucciolo per te –. E una sera della scorsa primavera me lo vidi portare a casa come dono felice. Prima mi avevano telefonato per il nome, e la cosa, cosí all'improvviso, mi sorprese: avevo progettato di chiamarlo Stòon, che nel nostro antichissimo dialetto significa «sasso», o piú propriamente quei massi erratici che le antiche glaciazioni hanno portato dove finiscono le valli e che hanno, almeno per me, un fascino magico e misterioso, forse ancestrale come la caccia.

Ma non andava bene Stòon; il nome doveva incominciare per «A» in quanto il cucciolo, mi dissero, era il *primo* di una selezione ricercata, studiata e seguita da tempo con particolare passione e interesse da un tecnico e da un veterinario, con lo scopo di riportare agli antichi splendori il classico «spinone italiano», in questi ultimi decenni trascurato come cane da caccia e nella genetica. Insomma il mio cucciolo doveva essere il primo della ripresa di una nobile discendenza.

– Ast, – dissi al telefono. – Lo chiamerò Ast –. È un nome breve che si può sussurrare e anche pronunciare ad alta voce. Ast, nel dialetto che dicevo, significa «ramo». Ramo nuovo di un'antica pianta che ha radici nella storia dei cani descritti da Senofonte cinque secoli avanti Cristo.

Cosí a due mesi incominciai a portarlo sui prati appena falciati a giocare con il volo radente delle rondini e con l'odore delle talpe, con il veleggiare leggero delle farfalle, a fargli distinguere il mio odore dagli altri odori. Poi nel bosco; e fu per lui grande sorpresa e stupore sentire nelle narici l'odore delle marcature del capriolo. Trascurò i funghi, le arvicole, le farfalle, i passeri: solamente lo interessavano i luoghi dove uscivano a pascolare i tordi e i cespugli dove lo scricciolo aveva cercato il cibo (mi dicevano i vecchi cacciatori che lo scricciolo lancia un odore simile a quello della beccaccia). Annusò anche le peste del lepre.

Ma ora basta, ora che ha cinque mesi lo richiamo dalla marcatura del capriolo, dalla traccia del lepre, dall'odore dei tordi e dello scricciolo; solo è ancora voglioso di giocare e quando vede dei ragazzi o altri cani li invita a ruzzolare e a correre.

Qualche volta mi siedo nelle radure dove crescono i mirtilli e lui corre goloso a mangiarmeli dal palmo della mano; anche i lamponi mangia cosí, anzi direi che tra fragole, mirtilli neri o rossi e lamponi, sono questi ultimi i piú graditi.

L'altra sera, dopo che gli avevo porto e fatto mangiare una manciata di mirtilli rossi, mi ero attardato a raccogliere un gruppo d'invitanti prataioli; lui, Ast, si era accucciato sotto un abete tra l'erba alta e soffice. D'un tratto lo sentii guaire in maniera straziante e corsi da lui: si era disteso a sgambare proprio sopra un nido di vespe e non si rendeva conto di quello che gli stava succedendo. Lo presi per la collottola e lo trascinai via tra le vespe che c'inseguivano e corsi nel folto per disperderle. Appena mi fu possibile incominciai a levargli dal pelo, che ha melato, foltissimo e lucente, le vespe che erano rimaste ingrovigliate, e poi in fretta raggiunsi la mia casa poco lontana, dove gli feci subito inghiottire una capsula di antistaminico che tengo sempre a portata di mano in caso di simili incidenti, anche perché ho qualche arnia di api.

Il cucciolo Ast era avvilito, con gli occhi rossi e le labbra gonfie, e non aveva certo voglia di giocare. Telefonai anche al veterinario per una eventuale terapia.

Ma dopo meno di mezz'ora si riprese, venne ad accogliere una carezza e mangiò anche la sua solita zuppa.

Ora quando sente un ronzio di un qualsiasi imenottero si mette in stato d'allarme e credo che mai piú gli capiterà d'avvicinarsi a un nido di vespe.

Fra poco ci sarà la nostra apertura di caccia ma prima, per il censimento della selvaggina, lo porterò sull'odore dei forcelli e sono certo che non sfigurerà nella sua prima vera ferma. Poi verranno le beccacce...

No, non sogno carnieri abbondanti, ma un andare lento nel bosco d'autunno con lui che sarà il mio ultimo cane da caccia, che ancora una volta mi porterà una beccaccia che rinchiuderà in sé foreste, spazi, cieli lontani e misteri della vita. Paesi e sogni di giovinezza per me, ora che il mio tempo scende al tramonto.

Il poeta segreto

In un paese povero, di contadini e di emigranti, c'è un'osteria senza insegna. All'interno ha tavoli d'abete e sedie impagliate, manca la macchina per il caffè espresso, non ci sono scansie con bottiglie di variopinti liquori, non vi è nemmeno il televisore e non luci al neon. Il vino viene portato nelle misure di vetro e gli ospiti discorrono, giocano a scopone e a tressette. Qui, per quarant'anni, un uomo esile e asciutto ma dallo sguardo vivissimo, la fronte ampia, la barba piena e brizzolata, mite ma tenace nelle sue idee, ha tenuto acceso un fuoco per noi passanti: un fuoco di poesia, voglio dire, simile a quelli che Saint-Exupéry vedeva sulla terra nei suoi voli notturni e dai quali gli veniva conforto e compagnia nella solitudine del cielo.

Il paese è Sernaglia della Battaglia, sulle leggere colline ai piedi dei monti alla sinistra del Piave e di fronte al Montello; l'oste poeta era Giocondo Pillonetto, e solamente dopo due anni dalla morte le sue poesie sono apparse stampate in un sottile libretto a cui Andrea Zanzotto ha voluto fare una introduzione.

Pillonetto, figlio del farmacista, rimane presto orfano di madre e ad allevarlo è la nonna materna; arriva fino al liceo classico ma non vuole frequentare l'università; vive da bohémien campagnolo con la passione per la letteratura e il culto segreto della poesia.

Non si cura dell'attività del padre e della farmacia che va in malora, ma apre un'osteria, e l'insegna «OSTERIA» senza altro nome la mette all'interno, sopra la porta, rivolta verso il banco e i tavoli. Sul retro ha uno stanzino, un bugigattolo, ricolmo di libri, giornali, riviste, quaderni, ed è qui che si rifugia a leggere e rileggere gli autori amati nelle ore di solitudine o in attesa dei clienti. E scrive taccuini di diari, abbozzi di tragedie, pensieri, versi meditati e pesati. Andrea Zanzotto, adolescente, e che abita poco lontano, diventa amico di quest'uomo e con lui, «come da fratello maggiore, se non da maestro», va a camminare sulla neve per la campagna spoglia, discutendo e conversando con entusiasmo di letteratura e poesia.

Sono gli anni delle rivendicazioni e delle conquiste del fascismo, molti vati nazionali cantano l'Impero, Roma, i legionari, ma Pillonetto, ricordando la Grande Guerra sulla nostra terra veneta, nel 1935 scrive: «La casa dove sono nato | è andata distrutta. || Mia madre | non l'ho conosciuta. || Era non era. || Luce di stella estinta | in me stesso riposo | come su cenere arpa: | ormai tranquillo | come terra spenta».

Le sue apparenti bizzarrie e scontrosità, il suo non voler essere inquadrato in un tempo di gerarchie, la sua fame di poesia e di verità, ne fanno un uomo straordinario, che pur restando in un povero paese di quattro case sa rendersi conto del momento storico in cui vive; e canta le stagioni nel loro evolversi con un alternarsi di felicità e di tristezza, il riso di una bambina come pagliuzza d'oro tra le scorie del mondo, «mentre cupo soccombe | al volver delle stelle | il pendio tetro del nostro presente». Tra gli appunti di quel tempo la figlia ha ritrovato la stesura di una tragedia che profetizza la catastrofe nazista, e forse quella atomica. Come la bomba di Svevo nella *Coscienza di Zeno*.

Tra il 1938 e il 1948 non ha lasciato versi, come se la Seconda guerra mondiale gli avesse distrutto la sorgente e non solo la casa. Non so la storia sua di quel tempo, ma lo immagino come un cospiratore anarchico-carbonaro che nella sua osteria, dopo l'8 settembre 1943, raccoglie sbandati e ribelli, e a loro offre buon pane e prosecco; mentre ai soldati tedeschi e a quelli della Repubblica di Salò che salgono verso le montagne per i rastrellamenti, versa vino guasto e acetoso. Dopo la Liberazione i suoi compaesani lo acclamano sindaco.

Anche per lui incomincia un tempo meraviglioso, è pieno d'iniziative e di entusiasmo. Assieme a Carlo Conte, il delicato scultore di donne e di bambini, con i camion residuati di guerra organizza viaggi per raccogliere provviste e vestiti in cambio di altra merce che riesce a trovare; ma non per interesse personale: per il suo paese. Arrivano sino a Milano e il Comando tappa viene stabilito nella casa di Alfonso Gatto.

In quei carnevali del dopoguerra inventa sfilate di carri mascherati e in giuria chiama gli amici Comisso, Valeri, Conte, Zanzotto, che gli sono interlocutori nelle interminabili discussioni letterarie e poetiche, conversazioni che riprendono vita a ogni incontro anche dopo settimane, come se fossero appena sospese dopo un sorso di vino.

Scrittori e artisti veneti passano per la sua osteria, ma sono pochissimi quelli che sanno della sua attività segreta di poeta, del suo bugigattolo dove annota e rielabora e riscrive i suoi versi e pensa a soluzioni urbanistiche per il suo paese.

Si sposa con una giovane e dolce donna, nel 1954 gli nasce una figlia e la chiama Silmava, un nome che ha inventato per un personaggio di una sua opera teatrale.

Ma intanto, attorno agli anni Cinquanta, il paese si va spopolando; molti uomini emigrano verso la Francia e il Belgio, vanno oltremare in Argentina, Venezuela, Australia; gli stagionali che lavorano nei cantieri di alta montagna ritornano in autunno e si ritrovano nell'osteria di Pillonetto a raccontare le loro esperienze: nascono tra questi emigranti le prime associazioni spontanee. Una sera, prima di ripartire per la Francia, decidono di costruire una casetta per Tile, il povero gramo del paese che sta con una sorella di pari condizioni. Tile, uomo mite e privo di ogni bene e che oggi verrebbe qualificato come handicappato, vive di lavori saltuari che il Comune gli propone: pulire le strade e i tombini, scopare la piazza dopo il mercato del giovedí. In breve tempo, con il materiale offerto dai paesani, gli emigranti gli costruiscono una casetta con ogni conforto e per il Natale del 1954 Tile e sua sorella possono entrarvi tra la gran festa di tutti. A questa iniziativa ha lavorato anche Angelo, che nella primavera successiva perirà per sua generosità verso i compagni in un incidente di lavoro. Pillonetto scrive nel suo quaderno: «Sí che in quei giorni, | per tanto amore, | per tanta casta bontà, | parea fosse passato il Signore | per le nostre contrade, | tanto ammanto di sole | s'era visto oltre l'ombre. || Eppure anche tu sei caduto | oltre l'ombre | per la tua buona sembianza | nel dolore atroce immenso maledetto...» È con i suoi versi dedicati agli emigranti che Pillonetto, come scrive Andrea Zanzotto, «raggiunge una purezza, un'intensità, un equilibrio raro dell'espressione».

Ma le sue poesie ce lo fanno sentire caro e nostro, paesano e oste coltissimo sí, ma soprattutto uno che ha fede in qualcosa che vale per tutti, che sta *di là della luce del giorno*.

Lettera a Jacopo

Caro Jacopo,

ancora una volta sono sceso dalla montagna per rivedere i tuoi capolavori. Sono ritornato a guardarli con attenzione e la scorsa notte non ho dormito perché dentro avevo quelle tue pitture che mi davano da pensare. Cercavo a occhi chiusi di selezionare le immagini, che non erano di personaggi ma di uomini, donne, ragazzi, bambini, animali, alberi, casupole, montagne, cieli della nostra terra. Mi pareva, in quei pastori, contadini, artigiani, osti, di riconoscere volti ai quali poter dare un nome di stirpe famigliare. Nei tuoi paesaggi ritrovavo il profilo di quella montagna, l'ombra di quel bosco, la luce di quella radura, le mele di quell'albero. Persino le pecore erano le nostre, di razza «foza», e le vacche le «burline». Cosí i cani, i gatti, le stoviglie, i mobili. Tu, piú di ogni altro, hai visto dentro di noi e dietro il paesaggio. Alla fine della notte ho raccolto un po' di sonno dentro l'aurora, dopo aver ricevuto la luce dell'alba dalla finestra. Sopra il monte c'era la tua luce.

Da tanto tempo, Jacopo, ti conosco, un tempo che non si può misurare, e ti sento fratello maggiore e grande. Avevo dodici anni quando, un giorno d'aprile, dopo che le strade si erano liberate dal ghiaccio, con Piero, un compagno di avventure che amava dipingere paesaggi come a me piaceva leggere Verne e fare pupazzetti con la creta, scendemmo a Bassano in bicicletta per vedere i tuoi quadri al Museo. Ora Piero non c'è piú, è morto durante la guerra e i paesaggi che dipingeva non li ho piú ritrovati.

Forse la nostra discesa a Bassano era solo un'avventura di ragazzi, stimolata dalla maestra che ci aveva raccontato di un grande pittore il cui nonno era sceso dalle nostre montagne. O forse volevamo scoprire qualcosa di diverso, come la primavera sulle colline dove c'erano gli ulivi, o una città, un fiume.

Timidi e impacciati, dopo aver attraversato con animo trepido il Ponte sulla Brenta, posammo la bicicletta nel cortile del Museo e pagammo l'entrata con i soldi messi da parte settimana dopo settimana per comperarci una gazzosa. E tu eri là ad aspettarci, come in primavera e in autunno aspettavi i ragazzi dei compaesani pastori durante le transumanze. Camminando sulla punta delle nostre scarpe chiodate e intimoriti dal rumore di queste, parlando sottovoce, guardammo le tue grandi opere e poi i bozzetti in creta del Canova. E cosa potevamo capire? Restammo a bocca aperta.

Sulla strada del ritorno, invece di risalire per l'erta Strada della Fratellanza, prendemmo la meno ripida per San Giacomo di Lusiana e ci fermammo a Santa Caterina, dov'era parroco don Sante, il prete che prima era stato cappellano dei ragazzi al nostro paese. Ci vide bere alla fontana, ci riconobbe e ci offrí pane e formaggio. Dopo ci fece entrare in chiesa per dire una preghiera a san Cristoforo protettore dei viandanti e anche lí, dietro l'altar maggiore, vedemmo una tua pittura. – Guarda che bel paesaggio dietro la Madonna, – disse Piero. – Ma quei monti non sono i nostri monti –. Io, invece, guardavo santa Caterina, perché mi pareva una ragazza che conoscevo.

In quel giorno tanto lontano, Jacopo, qualcosa ci avrai anche detto, se dopo, quando un viaggio mi portava in qualche città d'Italia o d'Europa, sempre mi premuravo di andare nei musei dove sono le tue opere. Per me era come incontrare il piú bravo e il piú grande dei compaesani; c'era sempre qualcosa che mi spingeva a cercarti, perché nelle tue pitture ritrovavo quello che la nostra patria e la nostra gente avevano espresso di meglio. E non mi sentivo solo nemmeno a San Pietroburgo.

Tuo nonno, Jacomo de Galio, lo sapevi?, abitava poco lontano da questa mia casa. Era sceso in pianura perché nel 1447 Sigismondo era venuto quassú con il suo esercito a portare rovina. L'Arciduca pensava di scendere nella pianura vicentina dai Sette Comuni per sorprendere le milizie venete. All'ostilità della nostra gente aveva risposto con saccheggi e incendi. Anche la vostra casa in riva al Ghelpach subí oltraggio, e un brutto giorno capitò una squadra di *Landsknechten* a rubare tutte le pelli conciate che erano stese al sole, quelle che erano nel deposito già pronte per commerciare a Bassano e persino quelle che erano sotto sale nella keldar. Quando eri ragazzo tuo nonno ti avrà raccontato anche questa storia ma tu, nelle tue pitture, hai voluto solo ricordare le pelli al sole davanti alle casupole. Ti avrà anche detto come siete scesi in pianura per quella valle stretta e fonda che i nostri antenati avevano dedicato alla dea Freya: i pastori che scendevano verso i pascoli invernali avevano caricato sui loro asini anche le vostre masserizie e le borse con il tannino per la concia, ricavato dagli abeti dei nostri boschi. Anche questo viaggio tu hai ricordato nei tuoi dipinti.

Arrivati alle porte della città, appena al di là del Ponte, nonno Jacomo aveva incontrato suo fratello Berto che già da qualche anno si trovava a Bassano. Era diventato uno dei maggiorenti nella *Freternitade de li Pelizi della terra de Bassan* sotto la protezione di *san Bortalamío*, l'apostolo scorticato vivo. Jacomo, dalla Confraternita, ebbe un prestito per ricominciare il suo lavoro e, in riva alla Brenta, si affiancò a tuo zio Berto.

Cesco, tuo padre, quando era ragazzo qualche volta si allontanava dal lavoro per andare ad ammirare la Crocefissione che il padovano Guariento aveva dipinto nella chiesa di San Francesco. Restava lí con il naso in aria e lo sguardo verso il Crocefisso, come incantato da quella figura e da quei colori cosí diversi da quelli degli affreschi. Un giorno disse a tuo nonno: «Vatar, ich ghèo bérbar». Padre, io vado pittore.

Insisté in questo desiderio finché, stanco di sentirselo ripetere, tuo nonno gli diede un po' di denaro, una sacca di pelle con il viatico e una lettera per un suo fornitore di allume di rocca che abitava a Vicenza. Lí Cesco entrò garzone nella bottega del Montagna, dove imparò i colori e le tele, a disegnare con il carbone impastato con la cera d'api e, piano piano, a stendere le tinte dopo che il maestro aveva abbozzato le figure e il paesaggio. Ma un giorno, per storie di donne, litigò con il figlio del maestro, Benedetto, e presa su la bisaccia se ne ritornò a Bassano.

Credeva di aver imparato l'arte e incominciò a girare le colline intorno per dipingere qualche pala d'altare per quelle povere chiesette in cambio di vitto e alloggio. Però la sua maniera di dipingere era dura, goffi gli angeli, legnose le figure anche se smaglianti i colori e ariosi i paesaggi sullo sfondo. Forse dentro di sé sentiva l'influsso dei movimenti riformatori tedeschi che a Vicenza, in quel tempo, erano stati fiorenti, e con i quali continuò ad avere rapporti anche a Bassano, dove si erano rifugiati molti ribelli tirolesi che avevano aderito alla rivolta contadina del 1525. Con questi, sia tuo nonno che tuo padre riuscivano a comunicare nella nostra lingua e parlavano di Martinus Lutherus, il capo della rivolta religiosa, e di Michael Gaismayr, il capo della rivolta contadina.

Fu forse per questo che tuo padre, quando tu avevi una decina d'anni, dovette abbandonare Bassano e ritornare sull'Altipiano, dove, a Foza, il villaggio piú selvatico anche per il carattere degli abitanti, trovò ospitalità presso quel parroco che proveniva d'Allemagna. Per mantenersi dipinse per la sua chiesa la pala della Madonna in trono tra i santi Pietro e Paolo, e un'altra Madonna in trono dipinse per la chiesa di Asiago.

Tu, intanto, crescevi e giocavi lungo la Brenta: osservavi i pesci nei canestri dei pescatori, le anatre sull'acqua, le transumanze dei nostri pastori che ogni primavera risalivano verso i pascoli alti e ogni autunno scendevano verso i pascoli invernali, sempre seguiti lungo la «strada della lana» dalle loro donne e dai bambini, con migliaia di pecore e agnelle, e i montoni robusti, e le capre per il latte, e i cani per la custodia, e gli asini per il trasporto a soma delle pentole di rame, delle mastelle, degli agnelli appena nati dentro le borse. Quando salivano li accompagnavi fino a Valstagna; quando scendevano, fino a Tezze. Dopo, a casa, ripensavi alle storie che tuo nonno ti raccontava e aveva portato con sé quando scese dalle montagne: ti diceva di gente venuta da tanto lontano per vivere in pace; agli uomini, alle donne, ai ragazzi davi i nomi delle storie della Bibbia e del Vangelo.

Quando tuo padre ritornò a Bassano presso lo zio Berto, tuo nonno Jacomo era ormai deceduto. I riformatori si erano quietati e cosí Cesco poté riprendere a dipingere pale d'altare per le chiese dei dintorni seguendo la tradizione. Tu lo osservavi nel lavoro, ma quelle figure cosí rigide non avevano anima, quegli angioli non erano gioiosi; solamente nei paesaggi montani dietro le figure principali e nelle piccole figure lontane trovavi qualcosa di vivo, anche se ancora non li sentivi «tuoi». Intanto gli preparavi le tele e i colori come lui aveva fatto nella bottega del Montagna e, finalmente, incominciasti a tracciare segni e posare colori, qualche pennellata, sulle tele appena abbozzate da tuo padre. Lui un giorno capí che potevi dargli aiuto nelle tante commesse e ti lasciò tratteggiare anche qualche animale, una figura, una casupola, un albero.

Eri verso i diciotto anni quella volta che ti disse di finire una pala d'altare che non riusciva a portare a termine: era la Natività per la chiesa parrocchiale di Valstagna. Vedeva che le figure non gli erano riuscite bene e l'aveva abbandonata in un angolo della bottega. Tu con trepidazione ma anche con sicurezza ridipingesti la testa della Madonna, il velo e il manto; e subito quella Madonna diventò viva e nobile come quella giovane donna che un giorno di mercato avevi visto entrare in una casa della piazza San Francesco.

La conceria già di nonno Jacomo restò tutta ai figli di zio Berto, che continuavano a fare i «pellizzari». Intanto, dalle colline, dalle montagne sopra la Brenta e dalle campagne fino a Cittadella, venivano nella vostra bottega parroci e «fabbriceri», per trattare e commissionare lavori d'arte. Anche la Confraternita dei Peleteri, con la quale avevate ancora un debito, vi chiese di dipingere decorazioni per apparati e bandiere da processione. Nella casa vicino al Ponte c'era un viavai di committenti; non si facevano solo pale d'altare ma anche cornici e dorature, e stemmi, candelieri, gonfaloni, sculture, scatole e ceri dipinti.

Dipingevi con lena e con tanta emozione dentro; a ogni pennellata, a ogni segno, ti sembrava di scoprire qualcosa di nuovo dentro di te; e guardavi oltre le finestre dove sotto scorreva il fiume: vedevi l'acqua e gli uccelli sulla corrente, gli alberi con i frutti e gli uccelli, i colli con le vigne, il castello degli Ezzelini, il Grappa, le pendici dell'Altipiano nostro. Tutto questo lo mettevi nelle tue tele, insieme a quello che avevi osservato seguendo i pastori con i loro animali. Quei volti diventavano i santi, i pargoli il Bambino, le donne le sante e *quella* donna la Madonna.

E dentro le tue pitture mettevi anche il gatto di casa, il cane pezzato bianco e castano, le pentole di rame, il tappeto turco, i fiori dei prati intorno. I colori erano smaglianti e luminosi come il tuo giovane cuore, cosí che rendesti i villaggi «non meno riguardanti che le Cittadi con le Pitture».

E ti rivedo come ti sei ritratto in quel dipinto che si trova nel Museo di Vienna: il viso lungo, la fossetta sul mento, le folte sopracciglia e gli occhi scuri e penetranti nel seguire il gesto della mano che dipinge.

Tuo padre, ancor giovane, muore nel 1539. Con il tempo verrà conosciuto come Francesco il Vecchio, per non confonderlo con un tuo figlio al quale avevi dato il suo nome.

Ti lascia la bottega bene avviata e anche commissioni di lavori che tu porti a termine. Non sei piú un giovanotto entusiasta della sua arte e la casa dei da Ponte allarga la sua fama. Per qualche misteriosa via ti è giunta quella nuova *maniera* d'inquietudine e di tensione nell'interpretare la vita attraverso l'arte del dipingere, e un giorno, nel tempo che a Venezia dipingeva Tiziano – un altro uomo sceso dalla montagna – in qualche chiesa di quella grande città chiesero tuoi lavori. Andasti giú, in silenzioso rispetto guardasti lavorare il Vecellio, ma poi ritornasti qui, in quest'angolo ai piedi del Grappa.

Ti era sufficiente il mondo che vedevi attorno, questa vita, questi uomini e questi paesaggi per raccontare la nascita, il lavoro, la morte. La Bibbia e il Vangelo diventavano la vita di tutti i giorni, la mitologia i racconti di tuo nonno attorno al fuoco nell'inverno, le stagioni e il trascorrere dei giorni la vita della natura.

In tutti o quasi tutti i tuoi dipinti c'è la luce della creazione, dell'alba sopra le montagne. Non c'è il sole radioso, ma quella luce che fa fremere il creato e lo fa nascere dal buio.

A farti salire sull'Altipiano si dice che sia stata la peste; altri dicono perché eri venuto in contrasto con la Chiesa per le tue idee riformiste, e nei Sette Comuni trovavano rifugio i dissidenti in materia di fede. Ma io penso, Jacopo, che è stato soltanto il tuo desiderio di meglio conoscere la terra degli avi e di pensare quassú al tuo lavoro, la spinta che ti ha fatto lasciare Bassano per qualche tempo.

Era il 1555 o il 1556, in primavera. Dentro i boschi c'era ancora la neve e i pastori camminavano lungo i fiumi della pianura. Ti accompagnava il tuo figlioletto Francesco e, a piedi, siete risaliti per il Canale del Brenta fino alle Seghe dove per la Scaletta, con i suoi quasi seimila scalini lastricati di pietre, siete giunti in Enego. Lí vi aspettava il prete Stefano da Romano, e da quell'altezza Bassano e Venezia, gli anabattisti e i seguaci di Francesco Negri, e il vescovo Priuli che era impegnato con le norme del Concilio di Trento, erano cose lontane, di un altro mondo, perché il paesaggio che si apriva intorno – con le grandi montagne di rocce e di neve contro il cielo, le valli profonde, i boschi odorosi per il disgelo della terra, i lavori della gente sui prati e negli orti appena liberati dall'inverno, gli agnelli e i capretti che saltavano tra l'erba novella, le donne intente a filare il lino e la lana davanti agli usci – erano per te cose nuove. Ti sentivi dentro una tale spinta che con grande impegno desti mano a dipingere a fresco le pareti della chiesa di Santa Giustina, da poco tempo portata a termine: sul colmo del tetto era ancora in bella vista l'abete tradizionale.

Lavoravi da luce a luce, e quando i tuoi occhi diventavano stanchi uscivi sul sagrato, alto sopra le case del piccolo paese, e rimiravi il paesaggio sulla valle sottostante e verso le montagne bellunesi che sfumavano nel cielo. Un giorno di quell'estate arrivò in Enego, a ricercarti sul lavoro, il Cancelliere Reggente dei Sette Comuni. A nome del Consiglio veniva a proporti di affrescare il nuovo Palazzo della Reggenza da poco terminato. Nella sala del Consiglio volevano farti dipingere lo stemma con le sette teste e la raffigurazione del patto con Venezia, sottoscritto nel 1404, al tempo del doge Michele Steno.

Una domenica di luglio, di buon mattino, prima ancora dell'alba, con il figlio Francesco ti mettesti in cammino per Asiago. Dopo aver attraversato l'Ech del Bolf vi fermaste alla chiesetta di San Lorenzo, tutta in legno, nel centro dei Merck-wisen, dove pastori, carbonai, mandriani e boscaioli si erano radunati per la messa. Tu osservavi tutti quei volti assorti in preghiera, e, dopo, con loro, sedesti sul pascolo a far merenda. Per il Kamull, la Fiara e la Nostal avete poi camminato fino ad Asiago, dove a mezzogiorno siete stati ospiti dei cugini. Era la prima volta che venivi nel nostro paese: guardavi con interesse le case con i tetti molto ripidi ricoperti di scandole e le colonne monolitiche a sostegno dei portici; ascoltavi con attenzione il parlare della gente e non tutto riuscivi a capire di quella lingua che da bambino avevi sentito sulla bocca di nonno Jacomo. Nell'aria c'era intenso l'odore del fieno che essiccava su prati appena sfalciati, e nel cielo il canto delle allodole.

Visitasti, sempre accompagnato da tuo figlio Francesco, il Palazzo dei Sette e la sala che aspettava il tuo affresco; poi la chiesa, che all'interno era tutta di pietra viva con capriate di grandi tronchi a sostenere il tetto, anche questo molto ripido. Qui c'era la pala di tuo padre: una Madonna in trono tra i santi Giovanni e Domenico, grande e ariosa, e la guardasti con attenzione: forse era il lavoro meglio riuscito, il meno rigido nelle figure e il piú sentito nel paesaggio. Sui muri esterni, vicino alla meridiana, era affrescato un gigantesco san Cristoforo e, dall'altra parte, i santi Ermagora e Fortunato. Ma ti sembravano pitture grossolane, sproporzionate.

Nel pomeriggio siete ripartiti per Enego senza aver preso impegni di lavoro nei confronti della Reggenza. La sera vi sorprese agli Stonnar, dove i pastori stavano radunando le pecore per la notte. E al loro fuoco hai voluto fermarti, per studiarli alla luce delle fiamme sullo sfondo della notte: avevi in mente la dipintura di un *Annuncio della nascita del Salvatore*, anche se ancora nessun parroco te lo aveva commissionato.

Ormai era passata l'estate. Quei mesi trascorsi lassú ti avevano portato serenità, e il tuo grande affresco riusciva bene: venivano i paesani a guardarti lavorare sulle alte impalcature, e con la testa in su facevano cenni di assenso. Qualcuno portava per te un agnello, altri un formaggio o una ricotta, le donne verdura fresca dei loro orti; per loro tu eri Jacopo del Cesco.

Una notte di luna calante, era il luminoso settembre, hai voluto camminare da solo fin sulle montagne sopra Gallio, quelle che i paesani chiamavano le Mell-ech. Volevi vedere nascere il giorno da lassú. E con la prima luce vedesti lontano la pianura fino al mare da una parte, e dall'altra allargarsi sotto i tuoi occhi la piana dei Merck-wisen circondata da cupi boschi e poi, oltre i dossi della Lambara, prendere forma dentro il cielo la Cima d'Asta. La tua emozione fu grande e la memoria serbò quella visione, tanto che, anche dopo anni, hai voluto riproporcela nelle tue pitture.

Il tuo lavoro non era ancora terminato, ma quando i pastori, dopo la Madonna del Rosario, scesero in piano per la paurosa Val Gadena prima e per il Canale del Brenta poi, anche tu e Francesco vi uniste a loro per ritornare nella vecchia casa vicino al Ponte. Prima dell'inverno volevi rivedere la piccola Benedetta, che era nata nel marzo, ma anche a che punto fossero i lavori per la casa nuova che avevi commissionato ai mureri di Valrovina.

Gli affreschi di Enego li portasti a termine l'anno dopo. Intanto il morbo pestifero si era svampito, e anche le diatribe religiose si erano sopite, in attesa che il Concilio di Trento si riconvocasse per definirle.

Ora anche nobili e prelati mandano messaggeri per averti pittore a Venezia. Alvise Bon, podestà di Bassano, ti fa affrescare la Loggia del Comune. I figli Francesco e Leandro lavorano nella bottega sotto la tua sorveglianza: stendono scene pastorali, «stagioni» e «mesi» a cui tu darai gli ultimi tocchi di luce per illuminare le scene.

Ancora una volta andasti giú a Venezia per guardare gli ultimi lavori dei grandi pittori che lí risiedevano; e ancora, un giorno d'autunno, risalisti le colline dove era in lavoro la vendemmia. Ma poi decidesti di camminare verso l'Altipiano, perché volevi rivedere la tua pala della *Presentazione al Tempio* che era nella chiesa di Asiago. Era l'unica che avevi fatto su questo soggetto: il Bambino era tra le braccia del sommo sacerdote Simeone, e tu in quel vecchio avevi raffigurato nonno Jacomo come lo ricordavi in riva alla Brenta. Mentre guardavi tuo nonno e quel Bambino, si avvicinò il prete allemanno che governava quella chiesa e ti chiese di dipingere ancora un quadro. Ma troppi lavori ti eri assunto, e allora dicesti al prete che, sotto la tua guida, avrebbe potuto farlo bene anche tuo figlio Francesco. E cosí si fece.

Francesco e Leandro un giorno lasciano la bottega per andare a Venezia: lí avranno fama e onori dipingendo vaste tele. Ma a te non servono grandi palazzi, cattedrali e uomini potenti, e i nobili, se lo vorranno, saranno loro a venire da te. A darti lavoro bastano un parroco di montagna, un podestà di provincia, o un mercante, e quello che vuoi dire lo esprimi perché hai capito che sono poche le cose che dànno un senso alla vita.

Neri Pozza ha scritto che alla fine dei tuoi giorni gli occhi ti erano diventati quasi orbi, ed era per questo motivo che i tuoi ultimi grandissimi capolavori erano «scuri». Ma io non credo, Jacopo, che questa sia la ragione di quella maniera di dipingere che i critici dicono «quinta maniera di Jacopo», dove la luce viene sentita «come colore e come materia»: era il crepuscolo che ora volevi dipingere, la tua prenotte. Forse il prenatale che viene dopo un tramonto. Lumeggiature nella notte buia, come uno splendore sovrumano che inizia al mistero arcano. «La stupefacente illuminazione di Jacopo», diranno ancora gli studiosi dell'arte nei secoli che seguiranno la tua morte; invece è una luce che può venire solo da dentro, quella che tu ci hai manifestato verso la fine della tua lunga vita operosa.

Spero che tra i tanti che oggi ti ammirano ci siano pure alcuni in grado di capire quello che hai voluto dire a noi, uomini del Duemila, dalla tua casa presso il Ponte di Bassano.

Da parte mia, Jacopo, fratello grandissimo e caro, vorrei solo che i miei racconti dessero al lettore una piccola parte di quanto tu hai saputo darci.

Rimani sempre nella tua luce, e con devoto affetto ti saluta il tuo compaesano

Mario

Piccola cronaca del blackout

Che sensazione strana e piacevole ho provato la trascorsa notte: alla solita ora mi sono alzato per andare in bagno e c'era davvero un buon silenzio. E buio. Non sono abituato ad accendere la luce e di notte, per la mia casa, posso girare anche al buio. Scuro era anche fuori; ossia dalla finestra non entravano le luci delle automobili dei ritardatari usciti dalle discoteche. Un vasto e profondo silenzio e le stelle tra gli squarci delle nubi. Grande, bello e gioioso era Marte a mezzo cielo a sud. Me ne sono tornato a dormire senza riflettere sul buio sopra il mio paese laggiú a tre chilometri, non sull'insolito silenzio della notte del sabato.

All'alba ho sentito due colpi di fucile, giusti, staccati: tam... tam. «È sul lepre, – mi sono detto, – l'ha preso». Ascoltando bene ho sentito che anche i segugi si erano zittiti. «Forse sono i segugi del Piero Pöslen, è di domenica che suo figlio viene in questo bosco vicino ai pascoli».

Mi sono alzato, allora, per andare in cucina a scaldarmi il caffè e per fare le spremute d'arancia. Niente: l'accensione elettrica del fornello non funzionava. Cose moderne: ho acceso con un fiammifero...

Ho aperto la radio per sentire il giornale del Terzo e poi la rassegna stampa. Niente anche la radio.

Come sempre in questa stagione da noi la temperatura scende a 3°-4° centigradi: cosí, per abitudine, tutte le mattine accendo la cucina economica che fa anche ottima stufa di riscaldamento. Un fiammifero e il fuoco mi riscalda bene la cucina per la solita colazione: pane, latte, miele.

Rassegnato, scendo dove sono i contatori per controllare le valvole di sicurezza. Sono a posto. Mi ricordo, allora, dell'insolito buio notturno e del silenzio sopra il paese. Anche le campane della prima messa sono state zitte. Ora funzionano a corrente elettrica e credo che siano legate le corde per scuoterle. Mi siedo in cucina a sfogliare una rivista letteraria, ma mi ritorna il ricordo del buio della notte appena trascorsa: blackout, «buiofuori», appunto.

Chiudo la rivista e allargo il pensiero: non solo a quelli delle discoteche che il buio ha fatto rincasare prima. Ma a che ora è accaduto? Dalla finestra guardo un branchetto di cince che svolazza tra betulle e larici: è proprio una bella mattina d'autunno. Un tempo andavo sulle montagne alte a caccia di galli forcelli e di pernici bianche.

Squilla il telefono; è mio figlio, che ieri sera è ritornato da una visita di studio delle foreste degli Alti Tatra. Vorrei sentir raccontare delle bellissime foreste di quei monti: – Com'è andata? – gli chiedo. Ma lui mi risponde che non ha la corrente, che si è informato e che è cosí in tutta Italia.

Continuo con i miei pensieri: gli ospedali hanno i gruppi elettrogeni, dicono che i congelatori possono restare senza corrente elettrica per dodici ore. Ecco, sarà dura per quelli che rimangono chiusi negli ascensori, o per quelli che sono in viaggio sui treni. Peggio sarà per quelli che hanno necessità di apparecchiature per la loro salute, ma per loro sarà previsto qualcosa: se no, a che servirebbe tanta tecnologia?

Che bello! Silenzio, niente televisione, poche macchine per le strade, casa tiepida. È quasi come l'anno che scrissi la *Storia di Tönle*, quando una grande nevicata fece cadere la linea telefonica e quella elettrica. E in casa ero ben fornito di tutto: libri, legna, farina, patate, crauti, carne, vino...

Ecco: questo «buiofuori» potrebbe far accendere la «lucedentro». Si può vivere senza tanti artifizi; per anni l'ho provato e con la mente si possono superare e trovare soluzioni che sembrano impossibili. Le piú grandi invenzioni dell'uomo sono state il fuoco, la zattera e la ruota. Aggiungo anche la stampa. Non certo i telefonini e la televisione.

Chissà se un blackout sarà capace di far riflettere la gente cosí dipendente dal «progresso»?

Il caro, vecchio Ungaretti mi disse un giorno a Venezia: «A tanto progresso materiale il progresso morale non tiene il passo e le distanze si allungano».

Su questo dovrebbe farci riflettere l'incidente della trascorsa notte. È il senso del limite che ci fa prendere contatto con la realtà.

Indice

Parte prima

Parte seconda

Stampato per conto della Casa editrice Einaudi
presso Mondadori Printing S.p.A., Stabilimento N.S.M., Cles (Trento)

C.L. 17656

Edizione								Anno			
4	5	6	7	8	9	10	11	2007	2008	2009	2010